本作品受“廣州市宣傳文化出版資金”資助

《粵兩生集》校補

潘之博 麥孟華◎著
康有爲 朱祖謀 何擎一◎編
夏令偉◎校補

廣州新華出版發行集團
廣州出版社

圖書在版編目（CIP）數據

《粤兩生集》校補 / 潘之博，麥孟華著；康有爲，朱祖謀，何擎一編；夏令偉校補. —廣州：廣州出版社，2020.5
ISBN 978-7-5462-2947-8

Ⅰ. ①粤…　Ⅱ. ①潘…　②麥…　③康…　④朱…　⑤何…　⑥夏…　Ⅲ. ①詩詞—作品集—中國—近代　Ⅳ. ①I222

中國版本圖書館CIP數據核字（2019）第162698號

書　　名　《粤兩生集》校補
Yue Liangsheng Ji Jiaobu
出版發行　廣州出版社
（地址：廣州市天河區天潤路 87 號 9 樓、10 樓　郵政編碼：510635
網址：www.gzcbs.com.cn）
責任編輯　葉桂蓮
責任校對　李少芳
封面設計　謝成華
印刷單位　廣州市快美印務有限公司
（地址：廣州市白雲區廣從五路 410 號一樓 103 房，二樓，五樓部分
電話：020-23336155）
規　　格　787 毫米 ×1092 毫米　16 开
字　　數　240 千
印　　張　14.75
版　　次　2020 年 5 月第 1 版
印　　次　2020 年 5 月第 1 次
書　　號　ISBN 978-7-5462-2947-8
定　　價　88.00 元

◎國家社會科學基金重大項目『中國詞學通史』（17ZDA239）成果

◎廣州大典與廣州歷史文化專題研究一般項目『廣州大典所收廣府方志與文學研究』（2016GZY11）成果

◎廣州市社會科學界聯合會『羊城青年學人』研究項目『嶺南詞學名家研究』（16QNXR26）成果

◎2017年度中央高校基本科研業務費青年教師培育項目『嶺南近代八種詞集整理與研究』（17wkpy87）成果

◎廣州市哲學社會科學『十三五』規劃2018年度馬克思主義理論與實踐專項一般課題『嶺南文化的精髓與標識研究』（2018GZMZYB01）成果

麥孟華像

《蜕庵集》扉頁

粵兩生集

孝感

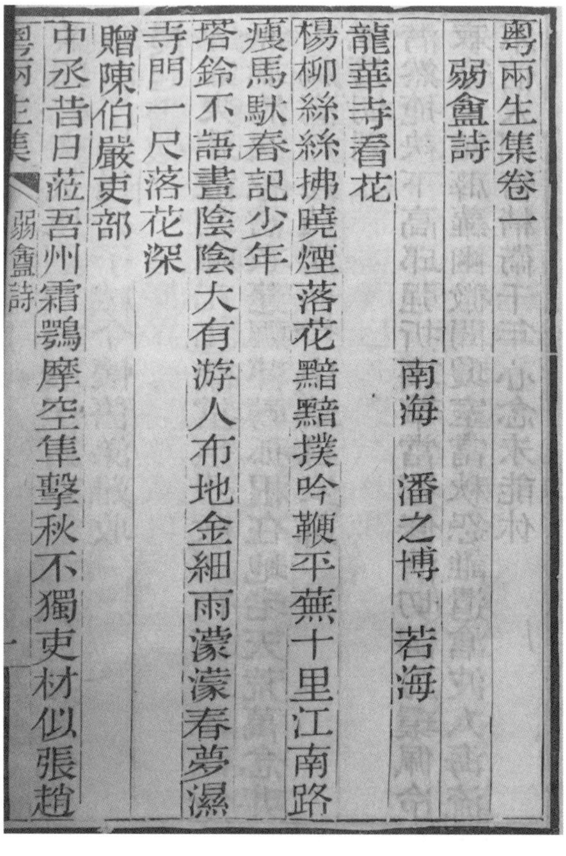

粵兩生集卷一

弱盦詩　　南海　潘之博　若海

龍華寺看花

楊柳絲絲拂曉煙落花黯黯撲吟鞭平蕪十里江南路
瘦馬馱春記少年

塔鈴不語晝陰陰大有游人布地金細雨濛濛春夢濕
寺門一尺落花深

贈陳伯巖吏部

中丞昔日蒞吾州霜鶻摩空隼擊秋不獨吏材似張趙

粵兩生集　弱盦詩　一

《粵兩生集》書影

前言

在影響中國近代史發展進程的群體中，康門弟子是不容忽視的。『其門徒知名者甚衆，啓超、千秋及三水徐勤、南海潘之博、順德麥夢（孟）華爲尤著。』①梁啓超自不待言，甚至青出於藍，而與乃師并稱爲『康梁』；即如潘之博、麥孟華，也因行止相近、才情相當，而獨得其師『粵兩生』的美譽。使這一美譽廣爲人知的，則爲由朱祖謀删定、康有爲作序的粵兩生集。

潘、麥二人生於晚清，入於民國，恰逢風雲激蕩的時代。潘之博（一八六九—一九一六），字若海、弱海，號弱庵，廣東南海人；麥孟華（一八七四—一九一五），字孺博，號蜕庵，廣東順德人。二人皆爲康有爲弟子，一生追隨其師，從事變法救國活動，志行高潔，爲世人稱道。②作爲潘、麥二人的詩詞合集，粵兩生集大體反映了他們的創作成就，呈現了他們的一些人生片段，具有不可替代的認知價值。

由於潘、麥二人之志在於救世，而非詩詞，故世人所論多偏於二人的行實功業③，至於二人的文學實績則有數家論述值得重視：以詩言，胡迎建將二人視爲『詩界革命派詩人』而作了簡單論述④，陳永正則將二人附於『康門弟子能詩者』部分約略提

---

①夏敬觀：康有爲傳，夏曉虹：追憶康有爲（增訂本），北京：生活·讀書·新知三聯書店，二〇〇九年，第一四〇頁。

②關於二人行實，陳漢才所作論述較爲詳細，見陳漢才康門弟子述略，廣州：廣東高等教育出版社，一九九一年，第一〇—一五、四二—四七頁。

③較具代表性的成果有：張錫勤麥孟華思想簡論，求是學刊二〇〇四年第一期；王明德論麥孟華，五邑大學學報二〇〇八年第一期；韓凌燕論麥孟華的權利觀，山東省農業管理幹部學院學報二〇一〇年第六期。

④胡迎建：民國舊體詩史稿，南昌：江西人民出版社，二〇〇五年，第八〇頁。

及[1]；以詞言，莫立民將二人視爲『晚清變革者詞人詞創作有價值者』而予以分析論述[2]；以綜合研究而言，謝飄雲所撰專論有較全面的論述[3]。當然，若想進一步討論『粵兩生』詩詞的價值，會不可避免地面臨一個問題，那就是粵兩生集在多大程度上反映了潘、麥二人的詩詞風貌？其成書和流傳情况如何？本書即試圖在對粵兩生集作全面點校、補遺的基礎上來回答上述問題。

一、『粵兩生』的文學身份

清末民初是我國社會劇烈變遷的歷史時期，甲午戰争、戊戌變法、庚子之變、晚清憲政、辛亥革命等重大歷史事件接連發生，變法、保皇、革命等時代思潮紛至沓來，練兵、組黨、留洋、辦報等士人新式活動也隨之興起。而這些又與傳統社會的思想觀念、士習學風夾雜在一起，共同構成了异常豐富而複雜的時代圖景。對於潘、麥二人來説，他們追隨康、梁，汲汲於救國，一度成爲時代的弄潮兒，又因時代的瞬息萬變，受到衝擊與汰洗，無以施展才華與抱負，最終含恨而殞。處此時代之中，二人的身份可謂多樣，報人、黨人、幕客、遺民、隱士等，不一而足。此外，時代的風與潮，命運的起與落，心志的揚與抑，情感的怒與哀，發之於詩詞，從而又使他們具備了文人身份。

潘之博詩詞兼擅，但時人多以『詞家』目之。惲毓鼎一九一五年七月十一日曾記云：『南海潘若海（博）來訪，今之詞家，梁女士藝蘅館詞選中曾録數闋，於此道極深。』[4]陳衍在石遺室詩話中記他與潘之博的交游，特强調潘的詞家身份：

---

[1] 陳永正：嶺南詩歌研究，廣州：中山大學出版社，二〇〇八年，第四三一—四三二頁。

[2] 莫立民：近代詞史，北京：人民文學出版社，二〇一〇年，第四五六—四五九頁。

[3] 鍾賢培、王松濤主編：廣東近代文學史，廣州：廣東人民出版社，一九九六年，第三三一—三三六頁。

[4] 惲毓鼎著，史曉風整理：惲毓鼎澄齋日記第二册，杭州：浙江古籍出版社，二〇〇四年，第七三四頁。

南海潘若海（博）喜填詞，專學夢窗，久與朱古微（祖謀）游，濡染然也。數以詩枉贈，有云：『西山漸换秋顔色，定有新詩與品題。』秀句可誦。答之云：『投我瓊瑶闕報章，琴書枕簟日邀凉。西山果换秋顔色，呼酒登臺一據床。』君詞家，故特用白石、夢窗詞中語。君又有秋雨卧病見示，句云：『凉意三分妒薄羅，西山塵外蹙雙蛾。當軒亂眼皆黄葉，敧枕關心到敗荷。』兩詩皆不能忘情於西山者。①

陳衍善評詩，所著石遺室詩話一時風靡，爲人推重。在該條記載中，雖然潘之博所贈爲詩，但陳衍所强調的則在潘之博的『詞家』身份，并在答詩中『特用白石、夢窗詞中語』，由此可見陳衍於潘之博詩、詞的軒輊之意。事實上，在粤兩生集中，潘之博詩二卷，詞僅一卷，數量相差懸殊，但由於選入其詞作的梁令嫻藝蘅館詞選早在光緒三十四年（一九〇八年）即已出版流播，則其詩名爲詞所掩，也就不難理解了。

有一事頗可證潘之博詞的影響力。冰心關於男人載：『那是一九三七年北平淪陷後，我們離開燕大到雲南大學去的時候燕大社會學系的同學們請吴雷川校長寫的、送給我們的一張條幅，録的是清詞人潘博的一首「金縷曲」，吴老在後面又加了一段話。』②詞如下：

悲憤應難已。問此時、絶裾温嶠，投身何地。莫道英雄無用武，尚有中原萬里。胡鬱鬱、今猶居此。駒隙光陰容易過，恐河清、不爲愁人俟。聞吾語，當奮起。　青衫搔首人間世。悵年來、興亡吊遍，殘山剩水。如此乾坤須整頓，應有异人間起。君與我、安知非是。漫説大言成事少，彼當年、劉季猶斯耳。旁觀論，一笑置。③

在該詞中，詞人痛恨國家被瓜分豆剖的危急形勢，以整頓乾坤的『异人』自許、許人，悲凉慷慨，令人振奮。面對日軍侵

①陳衍：石遺室詩話卷五，張寅彭主編：民國詩話叢編第一册，上海：上海書店出版社，二〇〇二年，第八一頁。
②卓如編：冰心全集第八卷，福州：海峽文藝出版社，一九九九年，第三三八頁。
③梁令嫻：藝蘅館詞選丁卷，中華書局，一九三六年，第二五九頁。

占北平後的時局，燕京大學學生以此詞贈給冰心及其丈夫，乃緣於它所依然具有的振厲人心的時代意義。這首詞曾被收入梁令嫻藝蘅館詞選中，題爲賀新郎·贈子剛（賀新郎與金縷曲同調异名），而未見於粵兩生集，則可推知潘之博的詞名更多地是由詞選奠定的。

與潘之博詞學受朱祖謀濡染不同，麥孟華的詞學淵源於『南詞正宗』葉衍蘭①。葉氏爲詞，『潔浄精微，追踪白石；纏綿悱惻，嗣響碧山』②。麥孟華的論詞主張主要體現在藝蘅館詞選所選詞的評點中，帶有師承特點。一方面，他宗碧山，主寄托，從評陸游鵲橋仙·夜聞杜鵑『當有所刺』，評史達祖雙雙燕（過春社了）『諷詞』，評黄孝邁湘春夜月（近清明）『時事日非，無可與語，感喟遥深』，評王沂孫高陽臺（淺萼梅酸）『此言半壁江山猶可整頓也。眷懷君國，盼望中興，何減少陵』，評周密大聖樂·東園餞春，『此刺群小競進，慨天下之將亡也。憂時念亂，往復低迴』，評張炎高陽臺·西湖春感『亡國之音哀以思』等語中可見；另一方面，又重稼軒氣，如評張舜民賣花聲（木葉下君山）『聲可裂石』，評崔與之水調歌頭·帥蜀作，『菊坡雖不以詞名，然此詞豪邁，何減稼軒』，評姜夔長亭怨慢（漸吹盡枝頭香絮）『渾灝流轉，奪胎稼軒』，評姜夔八歸·湖中送胡德華『全首一氣到底，刀揮不斷』，等等，無不如是；此外，也注重詩人氣質的貫注，如評姜夔念奴嬌·吴興荷花『俊語』，評吴文英高陽臺·豐樂樓分韵得如字『穠麗極矣，仍自清空。如此等詞，安能以七寶樓臺誚之』，評吴文英八聲甘州·陪庾幕諸公秋登靈岩『奇情壯采』，評陳維崧虞美人（無聊笑捻花枝説）『俊句』，等等，都説明了這一點。即其自作，夢窗風與稼軒氣也是并存的。其解連環·酬任公用夢窗留白石韵，潘之博以『温厚悱惻』評之；至於金縷曲·送魏鐵珊等作，則慷慨任氣，大聲喤嗒。

①梁令嫻藝蘅館詞選丁卷『葉英華』條：『令嫻案：居士爲蘭臺太夫子之尊甫。家大人與麥丈同學詞於蘭老。篋中無蘭老詞，未獲甄録，良用遺憾。附志數語，以記淵源。』（第二三三頁）可知梁啓超與麥孟華均曾學詞於葉衍蘭。

②易順鼎：秋夢庵詞鈔序，葉衍蘭：秋夢庵詞鈔卷首，續修四庫全書第一七二七册，上海：上海古籍出版社，二〇〇二年，第二〇〇頁。

雖然麥孟華入選藝蘅館詞選的詞有五首之多，但其詞名顯然遜於其詩名。梁啓超是較早評價麥孟華詩才的人，他在飲冰室詩話中視麥孟華爲詩界革命中的一員，并舉其相關詩句：

過渡時代，必有革命。然革命者，當革其精神，非革其形式。吾黨近好言詩界革命。雖然，若以堆積滿紙新名詞爲革命，是又滿洲政府變法維新之類也。能以舊風格含新意境，斯可以舉革命之實矣。苟能爾爾，則雖間雜一二新名詞，亦不爲病。不爾，則徒示人以儉而已。儕輩中利用新名詞者，麥孺博爲最巧，其近作有句云：『聖軍未决薔薇戰，黨禍驚聞瓜蔓抄。』又云：『微聞黄禍鋤非種，欲爲蒼生賦大招。』皆工絶語也。①

對於此論，楊世驥在詩界潮音集一文中曾加以推演：

他的『聖軍未决薔薇戰，黨禍驚聞瓜蔓抄』及『微聞黄禍鋤非種，欲爲蒼生賦大招』諸名句，其巧妙在不著痕迹，而對仗極爲工穩。當日這班在日本的維新志士們都曾以『讀式微之章』一題爲詩，計惺庵、嬰庵、勾吴氏、瑶齋（馮自由先生云此亦爲孟華筆名）等各若干首，述其遠離故園之悲戚，其中以蜕庵之作最爲哀感動人。他的詩人的氣質最重，志節尤高，後來年僅四十有餘，即窮愁嘔血而死，啓超贈詩云：『人生到此那可説，故應嘔盡胸中血。』可概括其身世的坎坷……但他的詩的真價，却非那些翻騰於利禄之中的人物所可比擬的。②

『薔薇戰』本指蘭開斯特家族和約克家族爲争奪英格蘭王位而發生的内戰，麥孟華用以喻指戊戌變法之際后黨與帝黨的殘酷鬥争。『黄禍鋤非種』一説，乃十九世紀西方所産生的一種極端民族主義理論，其宣揚黄種人對白種人是種威脅，故白種人應當聯合起來對付黄種人。針對這一荒謬理論及西方侵略中國的現實，麥孟華志在喚起國民，復興中華。在這兩句詩中，梁啓超認爲麥孟華『利用新名詞』『最巧』，而巧在何處？楊世驥則作了解釋，指出其巧在於化用新名詞『不著痕迹』，對仗工穩。

① 梁啓超：飲冰室詩話，北京：人民文學出版社，一九五九年，第五一頁。
② 楊世驥：文苑談往第一集，中華書局，一九四六年，第二八頁。

此外，他還特別提到了麥孟華的『讀式微之章』的詩，并許其『最爲哀感動人』。所以然者，在楊世驥看來，乃在於麥孟華具有濃烈的詩人氣質，故能不恤身世的坎坷，超越利禄而葆有高潔的志節。以之入詩，自然可以保證詩的格調與品質，從而打動人。

對於麥孟華的詩人身份及詩史地位，汪辟疆亦有評述：『近代嶺南派詩家，以南海朱次琦、康有爲，嘉應黄遵憲、蕉嶺邱逢甲爲領袖，而譚宗浚、潘飛聲、丁惠康、梁啓超、麥孟華、何藻翔、鄧方羽翼之。……麥孺博健舉而多感愴……皆足與新會爲伯仲之間，并皆受南海學術感化較深者也。』①不但將麥孟華列於嶺南詩派之中，還認爲他與梁啓超不分伯仲，評價可謂不低。

二、粤兩生集的成書問題

（一）粤兩生集的『前形態』

潘、麥二人以世事自任，詩詞只是餘事爲之。二人好友何澄一蜕庵集跋云：『君（麥孟華）抱經世之志，雅不欲爲文人，端居無事，偶有所作，隨手弃置，故存稿殊稀。』②而要考察粤兩生集的成書過程，就需要了解其『前形態』，即潘、麥二人的詩詞作品在結集之前的存在形態。據筆者目前所掌握的材料來看，主要有以下三種：

其一，稿本。

二〇一二年，中華書局影印出版了南長街54號梁氏檔案。該書披露了梁啓勛所藏的大量歷史文獻，其下册所收麥孟華詩詞稿爲目前唯一能見到的麥氏詩詞手稿。該稿末有梁啓超作於一九二七年的跋，如下：

---

① 汪辟疆：近代詩人述評，南京大學學報一九六二年第一期，第三九—四〇頁。

② 何澄一：蜕庵集跋，麥孟華：蜕庵集附録，民國二十五年（一九三六年）刻本。

孺博於詩詞不多作，有作，必力追古人。此數章爲壬寅、辛卯間相與倡和者。吾處原稿久佚，其副本寫寄美洲者，仲策獨能寶惜之。今孺博墓草久宿，展卷摩挲，不勝山陽聞笛之感。①

據此跋文可知，該稿乃麥孟華與梁啓超『相與倡和』的作品的『副本』，爲梁啓勛所『寶惜』，後經梁啓超作跋，保存至今。

麥孟華詩詞稿凡十二紙十八首作品（組詩按具體篇目計），分別是：蘭陵王（晚烟直）、月下笛（千頃寒漪摇空）、九日偕同人登龍華塔二首、贈高嘯桐太守二首、歲晚送從兄還家、歲暮寄懷曼蓀弟英倫、加餐一首呈若海擎一、若海以新詩見示哀怨甚矣賦此慰之二首、秋感和任公四首、去歲有寄懷曼蓀之作任公見而賞之次韵寄曼蓀仍用前韵奉和一首兼寄仲策美洲曼蓀英倫、寄懷若海，另有一首（首句『閉門冷雨尖風裏』）失題，據政藝通報第五年第二號（一九〇六年二月二十三日）所載對勘，可知題爲寒雨枯坐憶曼弟。這些作品多被采入粤兩生集及蜕庵集中，但有所刊落，而寒雨枯坐憶曼弟一首則爲後兩集所無。由於麥孟華詩詞稿是手稿，其在版本上的原初意義是無可替代的。

至於潘之博，其詩詞曾有結集稿本的存在。其子潘其璇在以粤兩生集贈寥士一詩中説潘之博『平生大述作，散佚搜無處。惟存詩詞稿，三卷（筆者按：「巷」當爲「卷」之誤）寶篋笥。吉光珍片羽，守護敢失墜』②，而此稿就成了粤兩生集中潘之博作品的直接來源。只是該稿本未見披露，目前是否還存在，尚不得而知。

其二，報刊所刊者。

順德縣志辦公室一九九〇年曾出版馬以君主編的麥孟華集，其出版説明謂『此次結集，是廣從當時報刊典籍，及其後人處

① 中華書局編輯部、北京匡時國際拍賣有限公司編：南長街54號梁氏檔案下册，北京：中華書局，二〇一二年，第五四一頁。

② 潘其璇：以粤兩生集贈寥士，國藝一九四〇年第一卷第四期，第五〇頁。

搜羅的』①。該書注明了麥孟華部分詩詞作品的來源報刊，包括新民叢報、選報、政藝通報、國風報、庸言、國粹學報等。②從民國期刊全文數據庫的檢索結果來看，潘之博的詩詞作品也基本刊載於上述報刊③，甚至出現在同一刊物的同一期，如政藝通報第五年第一一號（一九〇六年七月六日）在麥孟華夏夕感懷（别本題爲雨後獨步至張園夜作）之後，連載潘之博雨後同蜕庵張園步月、坐雨呈蜕公、無題三首。這種情況説明二人的出處較爲一致，所處的社會關係網絡是很相似的。

將報刊所刊潘、麥二人之作品與粵兩生集所收作一比較，可以發現二者在篇目、文字上有所不同，個中差异也爲二人作品的校勘、補遺提供了可能。

其三，詞選所選者。

潘、麥二人的詞作受到一些詞選編者的青睞，從時人選詞的角度來看，梁令嫻所編藝蘅館詞選無疑應予注意。這不僅在於該詞選自光緒三十四年（一九〇八年）初版後，又經中華書局於民國二十五年（一九三六年）再版，影響甚大，更在於麥孟華曾參與過選詞工作，對此，梁令嫻在初版自序中説：『既而麥蜕庵丈東游，主吾家者數月。……令嫻家中頗有藏書，比年以來盡讀所有詞家專集若選本，手鈔資諷誦，殆二千首。乙丈更爲甄别去取，得如干首。』④所以，這一詞選實際也滲透了麥孟華的詞學觀念。今檢該選，潘之博的詞作有十三首入選（其中浪淘沙·潯陽訪琵琶亭故址、浣溪沙·曉過小姑山、賀新郎·贈子剛、解連環·丁未六月，東游扶桑，歸國有日，賦此留贈任公、惜紅衣·彊邨先生以病不果爲鄧尉之游，叠姜均寄之五首爲粵兩生集所未收），而麥孟華的也有五首。由於與父執潘、麥的特殊關係，梁令嫻所選的這些作品自然可能得之於作者本人，所以該詞

①馬以君主編：麥孟華集·出版説明，順德縣志辦公室，一九九〇年，第三頁。
②參見馬以君主編麥孟華集，第一—二〇頁。
③參見附表一潘之博詩詞刊載情況一覽。
④梁令嫻：藝蘅館詞選·自序，中華書局，一九三六年，第一頁。

選更貼近潘、麥二人的創作原貌，具有重要的版本價值。此外，藝蘅館詞選卷首還先後載有潘之博、麥孟華的題詞（潘作聲聲慢·爲令嫻女史題〈藝蘅館詞選〉，麥作聲聲慢·爲令嫻題〈藝蘅館詞選〉），頗爲此選增色；而且這兩首詞僅刊載於此選，并未見載於粵兩生集或其他著作，則藝蘅館詞選對潘、麥作品的保存之功是不言而喻的。①

（二）粵兩生集的搜録、命名與删定

民國四年（一九一五年）、五年（一九一六年），麥孟華、潘之博相繼去世，而粵兩生集則刊於民國十年（一九二一年）初冬。陳聲聰兼於閣詩話云：『康長素得意門人南海潘若海（博）及順德麥孺博（孟華），皆工詩詞，皆不幸早世，朱彊邨輯其所作曰粵兩生集，行於世。』②所言道出了朱祖謀於粵兩生集的貢獻，固然是正確的，但却忽略了其他人的作用。相對而言，潘其璇的説法更爲全面：『父執康（南海）朱（彊邨）何（澄一），憫憐孤煢訴。力任梨棗資，剞劂因將付。聯□及蜕老，合集從志素。題名粵兩生，庶幾來者慕。刻成愈廿載，稍稍世流布。』③清楚地交代了康有爲、朱祖謀、何澄一三人合力刊行粵兩生集的事。當然，除了合資贊助刊行外，三人對粵兩生集成書的具體貢獻是有所不同的。下面對此加以詳細論述。

其一，何澄一與粵兩生集的搜録。

前文已論潘、麥詩詞作品的三種早期存在形態，從中可見粵兩生集『前形態』之複雜。鑒於二人『存稿殊稀』『散佚搜無處』的情形，搜集其遺稿便成爲編刊粵兩生集的第一步工作。在這一過程中，何澄一發揮了重要作用。其蜕庵集跋云：

光緒乙巳、丙午以還，余與麥君蜕庵同客海上。晨夕過從最數者，君之外，則潘君若海也。數年之間，兩君相繼下世。

① 具體篇目選録情况，可參見附表二潘、麥詞入選〈藝蘅館詞選〉情况一覽。
② 陳聲聰：兼於閣詩話，上海：上海古籍出版社，一九八五年，第八八頁。
③ 潘其璇：以粵兩生集贈寥士，國藝一九四〇年第一卷第四期，第五〇頁。

余録其詩詞，乞朱古薇、陳子言兩先生審定，彙而刊之。南海先生題曰粤兩生集，布之於世。①

何澄一，又名何擎一、何澄意、何天柱，廣東香山人。長期追隨康有爲、梁啓超，與麥孟華、潘之博交好。光緒乙巳、丙午即一九〇五年、一九〇六年，而在他人的日記裏可見三人當時在上海交往的零星情形。夏曾佑的日記載：一九〇五年九月二十三日『晚，何擎一招飲聚豐園，座中有孺博、秉三與賴、潘、麥、鄧諸人』；二十六日『晚，孺博招飲一枝香，座有秉三、菊生、孺博、孝高、擎一』；二十九日『午，秉三招飲一枝香，晤孺博、擎一、瑩甫、孝高、景涵、菊生、浩吾』。②近十年後，鄭孝胥日記一九一四年十月十二日日記云：『過康有爲，席間晤左子异之子、麥孟華、何澄一、潘若海等。』③由此數端，即可見三人的交往之密、之久。

同樣地，粤兩生集中也留下了三人相互酬唱的作品，如麥孟華加餐一首呈若海澄意：『書空咄咄緣何事，來日悠悠亦大難。要仗道心戰憂患，静觀世態自波瀾。百年到眼駒過隙，萬事隨緣水下灘。未作婦人醇酒計，閉門珍重學加餐。』面對清末民初内憂外患、危機四伏的社會形勢，詩人雖報國無門，不無憤懣，但仍持『道心』，努力『加餐』，以待時變，以爲時用。這種心態自然是推己及人，希望潘、何二人所知、所有的。

在麥、潘『相繼下世』後，『録其詩詞』便成爲何澄一對知己好友最好的紀念。由於與潘、麥二人的密切交往，何澄一自然具備承擔這一工作的條件。

其二，康有爲與粤兩生集的命名。

在康有爲著，張伯楨校的萬木草堂叢書目録集部中，列有所輯親友之文集九種，其中一種謂：『輯二博合集（順德麥孟華

---

① 何澄一：蜕庵集跋，見蜕庵集附録。

② 楊琥編：夏曾佑集下，上海：上海古籍出版社，二〇一一年，第七八二頁。

③ 勞祖德整理：鄭孝胥日記第三册，北京：中華書局，一九九三年，第一五三四頁。

孺博、南海潘之博若海所著詩文詞集）。』① 那麽，二博合集與粤兩生集有何關係？康有爲外孫、康同璧之子羅榮邦撰輯之南海康有爲先生著作總目認爲二博合集是粤兩生集的别稱：『粤兩生詩詞集，潘若海、麥孟華撰，一九二一年，五卷，又名二博合集。』② 此處所説粤兩生詩詞集當爲粤兩生集，在羅氏看來，二博合集與粤兩生集乃同一種書的不同名稱而已。然而楊世驥在詩界潮音集一文中提到『他（筆者按，指麥孟華）的詩後來曾與潘博合刊爲粤兩生集，又見有二博合集一種』③，明確地説『見有二博合集』，則二博合集與粤兩生集實爲兩種書，可惜楊氏未能論及二者之同异。不過從所引的康有爲簡單的内容記載來看，二博合集與粤兩生集應相去不遠。一種大膽的假設是，前者是潘、麥詩詞的初輯稿、初命名，後者是潘、麥詩詞的定稿、定名。當然，這裏還存在一個問題，即二博合集是否爲康有爲所『輯』？若不是，康有爲何以將之列入其所自撰的萬木草堂叢書目録中？若是，則與何澄一的説法相違背，亦不符合康有爲在粤兩生集序中的説法：『朱彊邨侍郎久與二子游，多所倡和，既嘆念逝者，爲録校其所爲詩詞，令吾序之。』④ 則絲毫未提自己『輯二博合集』之事。如何理解這種矛盾？或可如此假設：何澄一輯録潘、麥遺作時，有相當一部分作品來自康有爲（畢竟潘之博之子潘其璇是康有爲女婿，其所珍藏的三卷潘之博詩詞稿當經康有爲寓目），因此康有爲自謂『輯二博合集』亦無不可。又由於身爲潘、麥的老師，不便署名，故而托名於他人。應予説明的是，由於二博合集未見任何形式的文本傳世，筆者所作假設尚無文獻實證。

且只論粤兩生集的命名問題。該名是康有爲受朱祖謀的啓發而定的。其作於一九二一年的粤兩生集序云：『朱侍郎曰：「潘、麥二子之志行，庶幾魯兩生。」若海，名之博，南海人；孺博，名孟華，順德人，吾遂名爲粤兩生集而序之。』『魯兩生』

① 康有爲：萬木草堂叢書目録，叢書集成續編第五册『總類』，臺北：新文豐出版公司，一九八八年，第六三一頁。
② 羅榮邦：南海康有爲先生著作總目，朱東潤等主編：中華文史論叢一九八三年第二輯，第三一六頁。
③ 楊世驥：文苑談往第一集，第二八頁。
④ 前言所引康有爲粤兩生集序，皆見本書，不一一出注。

之典出自史記·劉敬叔孫通列傳：『叔孫通使徵魯諸生三十餘人。魯有兩生不肯行，曰：「公所事者且十主，皆面諛以得親貴。今天下初定，死者未葬，傷者未起，又欲起禮樂。禮樂所由起，積德百年而後可興也。吾不忍爲公所爲。公所爲不合古，吾不行。公往矣，無污我！」叔孫通笑曰：「若真鄙儒也，不知時變。」』①後因以『魯兩生』指堅守節操，不與時俗同流合污的志士。康有爲將潘、麥二人并稱爲『粤兩生』，顯然是受朱祖謀的啓發，有意將這兩位門生比於古之『魯兩生』的。

事實上，二人的志行確如『魯兩生』一樣不隨時俗而執於救世。在粤兩生集序中，作爲老師的康有爲這樣寫道：『二子者，皆有萬夫不當之勇，博極古今之學，通貫中外之識，惻怛救國之仁，沈毅而剛勁，直大而忠純，至誠而有仁術，觀世甚深而去就不苟，安貧自娱，非其道，與之千駟、萬鍾不受。二子相友善，相扶携，抵掌行吟，五升之飯不飽，不忘憂中國、哀生民，孜孜鍥而不捨也。』其後又特别言及二人不與袁世凱合作的事實，由此可見康有爲對二人的倚重、嘉賞之意。康有爲曾有乙卯元日，與孺博、若海談國事，兼寄乙老一詩，其中有『五十八年憂國事，今年憂甚可沉冥』②的深沉感慨，而沈瑜慶作和康南海元日與門生談國事，則以『及門猶在子何云』③相寬慰，認爲康氏弟子足以任責，不必憂慮。沈曾植（乙老）亦推許潘、麥二人④，這也可見二人的志行是得到了當時部分士林人士的認可的。

潘、麥二人被并稱爲『粤兩生』，也與他們的文學才華相關。曾習經在題麥孺博潘若海詩詞合卷中指出了二人的共同點：『少日常爲文字飲，餘生同有海桑哀。』⑤『同有海桑哀』指二人面對滄桑時世負重而行的悲痛心情，『常爲文字飲』則指二人把

---

① 司馬遷：史記卷九九，北京：中華書局，一九五九年，第二七二二—二七二三頁。

② 康有爲著，上海市文物保管委員會文獻研究部編：萬木草堂詩集——康有爲遺稿，上海人民出版社，一九九六年，第三二四頁。

③ 沈瑜慶：濤園集：附年譜，沈雲龍主編：近代中國史料叢刊第六輯，臺北：文海出版社，一九七三年，第一二六頁。

④ 康有爲粤兩生集序引沈曾植語云：『以所見人才，能冠一國，莫如君之門生麥孺博、潘若海也。』

⑤ 曾習經：蟄庵詩集，嶺南近代四家詩，臺北：藝文印書館，一九八二年，第四〇三頁。

酒賦詩唱和之舉，這樣的酬唱篇目在粵兩生集中俯拾即是。二人皆具文學創作之才，梁啓超視麥孟華爲詩界革命中的一員，并說『儕輩中利用新名詞者，麥孺博爲最巧』。①葉恭綽廣篋中詞選潘之博詞六首，并評曰：『爲詞孟晋，思深力沉，天假以年，足以大成。』②驗之於粵兩生集，可知這些看法是中肯的，并無偏私溢美之處。

二人生前，相互砥礪志行，令人贊嘆。而在麥孟華去世後，潘之博有不少詩詞表達追思之情，其中移居組詩中有一首頗令筆者動容：『一昔人琴遂兩亡，十年空記住連墻。而今無復鄰堪卜，只合關門向莽蒼。』自注云：『舊居福壽里，與麥蜕庵爲鄰。』近乎斬截的詩句，恰恰體現了失去知己的無以言表的悲傷，深痛即在其中。而在麥孟華去世一年多後，潘之博也因病去世。『粵兩生』的命運，真令人痛惜！

其三，朱祖謀與粵兩生集的删定。

在粵兩生集的編訂中，朱祖謀的作用應是最大的。時人羅惇曧曾在題彊邨侍郎校詞圖中感嘆道：『遺稿叢殘粵兩生，感君風義重平生。披圖我有交親涕，暮雨寒燈共此情。』自注：『君輯刊麥孺博、潘若海遺稿，名粵兩生集。孺博，吾外甥；若海，吾摯友也。』③在此，羅惇曧顯然對朱祖謀『輯刊』潘、麥二人『遺稿』的『風義』之舉感懷在心。不過應指出的是，在粵兩生集成書過程中，朱祖謀主要進行的是『删定』的工作。龍榆生忍寒漫録十一云：

> 南海潘若海先生（之博），雅善倚聲，夙爲彊邨先生所推許。梁令嫻女士，曾采其詞十餘闋入藝蘅館詞選。彊翁復爲删定遺稿，與順德麥孺博先生（孟華）所作合刊爲粵兩生集。④

---

①梁啓超：飲冰室詩話，第五一頁。
②葉恭綽選輯，傅宇斌點校：廣篋中詞，北京：人民文學出版社，二〇一一年，第一一二頁。
③羅惇曧：癭庵詩集，嶺南近代四家詩，臺北：藝文印書館，一九八二年，第四五七—四五八頁。
④龍榆生：龍榆生全集第九卷，上海：上海古籍出版社，二〇一五年，第一〇四—一〇五頁。

作爲朱祖謀的衣鉢傳人，龍榆生的話是合乎實際的。這裏説的『彊翁復爲删定遺稿』雖是就潘之博而言的，但實際上删定遺稿的範圍也包含麥孟華的作品。因無潘之博詩詞手稿作爲對比，關於朱祖謀如何删定潘之博遺稿的情况尚不清楚；而對於麥孟華，因有麥孟華詩詞稿可作對比（當然也不能完全確定朱祖謀寓目過此稿本），故朱祖謀的删定工作可略知一二，其中之一即是删存組詩篇目，如贈高嘯桐太守二首只存其一。因此可以推測的是，朱祖謀删定潘、麥的遺作時并無求全之意。

那麼，朱祖謀删定刊行粤兩生集的動因何在？在筆者看來，有以下三個方面：

第一，紀念故人。

民國元年（一九一二年）之後，朱祖謀與潘、麥二人同居上海，交游密切，情誼深厚。據朱德慈所編朱祖謀詞學活動徵考，朱祖謀於民國元年『春，移居上海德裕里』①。而早在此之前的光緒三十一年（一九〇五年），麥孟華即『回上海，居愚園路福壽里一號。與潘若海、何澄一晨夕過從』②。潘之博於『宣統間，嘗往來津滬，與黨人通聲氣，所交皆一時豪俊。時歸安朱祖謀、義寧陳三立，并以詩詞領袖壇坫。若海皆與之往還，有詩詞見二家集中』③。朱、潘、麥三人詩詞唱和甚多，同題之作有齊天樂、六醜等，黄濬花隨人聖庵摭憶云：

彊邨有『寒夜同麥孺博潘若海』一詞，調寄［齊天樂］，起云『黄昏連樹拳鴉噤，江寒笛聲不起。擁葉驚波，呼風斷角，凄别歸鸞千里』者，極凄峭之致。孺博、若海，所謂粤兩生，自戊戌以來，負江海盛名。④

潘、麥皆有同題之作，存於粤兩生集中。麥孟華另有六醜·丁未除夕索彊邨、若海同賦，亦屬同題唱和。而潘之博與朱祖

①朱德慈：近代詞人行年考，北京：當代中國出版社，二〇〇四年，第二一九頁。
②馬以君主編：麥孟華集，第四〇三頁。
③汪國垣：光宣以來詩壇旁記，張寅彭主編：民國詩話叢編第五册，上海：上海書店出版社，二〇〇二年，第四八四頁。
④黄濬：花隨人聖庵摭憶，北京：中華書局，二〇〇八年，第四六八頁。

謀詩詞來往更多，如雨中喜彊邨老人至，即事書懷、惜紅衣·彊邨先生以病不果爲鄧尉之游，叠姜韵寄之、八聲甘州·和柳屯田韵，同彊邨侍郎賦等，其移居組詩之一謂『多情最有彊邨叟，觸熱曾來一扣門』，則是在麥孟華去世後，潘之博所能獲得的最大的心靈慰藉。因此，朱祖謀輯刊粤兩生集當有對故人的紀念之意。

第二，遺民立場。

朱祖謀曾編選沈曾植、夏孫桐、王國維等十一位詞人的詞集，總名爲滄海遺音集。由於入選之人皆爲清遺民，故是集表露出了明顯的遺民立場。雖然粤兩生集不入滄海遺音集，但就編刊用心而言，有一致性。

朱祖謀以清遺民自居，與潘、麥二人聲氣相通。胡思敬曾談到過當時上海遺民群體的情形：

予既莅滬，則從陳考功伯嚴訪故人居址。伯嚴一一爲予述之曰：『梁按察節庵、秦學使右衡、左兵備笏卿、麥孝廉蜕庵，皆至自廣州。李藩司梅庵、樊藩司雲門、吴學使康伯、楊太守子勤，皆至自江寧。趙侍郎堯生、陳侍御仁先、吴學使子修，皆至自北京。朱古微侍郎，新自蘇州至。陳叔伊部郎，新自福州至。鄭蘇庵藩司、李孟符部郎、沈子培巡撫，皆舊寓於此。』①

這條記載的時間是在民國元年（一九一二年）四月，距辛亥革命爆發不久。從人員記載注重清朝官職、科名來看，作者是將這些人作爲清遺民來看待的。在這些人中，朱祖謀對潘、麥的志趣很認同。黄濬花隨人聖庵摭憶云：

彊邨翁水龍吟·挽孺博云：『峨如千尺崩松，破空雷雨飛無地。京華游俠，山林栖遁，斯人憔悴。』可知蜕庵之志節。②

在朱祖謀的挽詞中，『京華游俠』指麥孟華在戊戌變法前後的維新活動充滿俠義擔當精神；『山林栖遁』則專指麥孟華隱

① 胡思敬：吴中訪舊記，退廬全集，沈雲龍主編：近代中國史料叢刊第四五輯第四四三册，臺北：文海出版社，一九七〇年，第二一六頁。

② 黄濬：花隨人聖庵摭憶，第四六九頁。

居上海、以遺民自居的生活，這與朱祖謀的經歷和立場很類似。同樣地，潘之博與其師康有爲的保皇立場一致，也是以清遺民自居的。所以，共同的遺民立場當是朱祖謀輯刊粵兩生集的動因之一。

第三，詞學一致。

『朱祖謀詞，初學吴文英，晚又肆力蘇軾、辛弃疾二家。……及所自爲，融諸家之長，聲情益臻樸茂，清剛雋上，并世詞家推領袖焉。』①潘之博對其十分推崇，惲毓鼎一九一五年七月十一日曾記云：『南海潘若海（博）來訪……談及今日海内能手，當推歸安朱古微前輩（號薑〔彊〕邨），詞學夢窗而得其真。』②在同惲毓鼎的談話中，潘之博清楚地表明了自己對於朱祖謀詞的推許態度。至其所作，也受了朱祖謀的影響，以夢窗詞爲宗，陳衍石遺室詩話卷六徑謂：『南海潘若海（博）喜填詞，專學夢窗，久與朱古微祖謀游，濡染然也。』③

至於麥孟華，他的詞學觀點主要體現在梁令嫻所編藝蘅館詞選中，這可參見前文所論。從引用詞論的傾向與選詞數量上來看，該選推尊常州詞派，以夢窗詞爲重，這與朱祖謀的詞學宗尚也是一致的。

就詞風而言，龍榆生認爲：『二氏詞并多激昂慷慨之音，信不愧爲抑塞磊落之奇才也。』④而朱祖謀所作『清剛雋上』，亦有相似性。因此，較爲一致的詞學宗尚與創作風格，成爲朱祖謀編刊粵兩生集的内在原因。

以上對何澄一、康有爲、朱祖謀與粵兩生集的成書關係作了論述。在此之外，還有兩人的作用需要提及。一是陳詩（一八六四—一九四三年，字子言，號鶴柴，安徽廬江人。民國詩人）。從前文所引何澄一蜕庵集跋所説『乞朱古微、陳子言兩先生

---

①蔡冠洛編著：清代七百名人傳下册，北京：中國書店，一九八四年，第一八三五頁。
②惲毓鼎著，史曉風整理：惲毓鼎澄齋日記第二册，第七三四頁。
③陳衍：石遺室詩話，第八一頁。
④龍榆生：龍榆生全集第九卷，第一〇五頁。

審定』的話來看，陳詩當也參與了粵兩生集的審定工作。陳詩有挽孺博先生，中稱『相知吾最晚，十載從高宴』[1]，與潘、麥二人皆有詩歌唱酬，允乎有此『風義』之舉。另一爲崔斯哲。在粵兩生集卷末，有『東莞崔斯哲校字』一行，可知其擔任了校對之任。崔斯哲，字卓吾，亦爲康有爲弟子，曾手寫十四卷本南海先生詩集，也曾向朱祖謀問學，接受了康、朱的詩論。[2]其擔任校字可謂順理成章。

（三）粵兩生集的『後形態』

前文已述，在粵兩生集編刊時，潘之博的三卷詩詞稿尚存，而麥孟華的作品則散佚嚴重。這一材料來源問題制約了粵兩生集的結構形態，造成了孔昭焱在蜕庵集跋中所説的『潘豐而君（筆者按，指麥孟華）殊嗇』[3]的問題。從粵兩生集的卷目篇幅來看，正是如此。全集分五卷。前三卷爲潘之博作品，其中卷一、卷二爲弱庵詩，卷三爲弱庵詞；後二卷屬於麥孟華作品，其中卷四爲蜕庵詩，卷五爲蜕庵詞。若從這種分卷情況來看，潘、麥二人的作品還是較爲均衡的。然而細查下去，則會發現，編者將卷二『弱庵詩』巧妙地分成了卷二上、卷二下。這樣處理很顯然是爲了文飾潘、麥作品數量嚴重失衡的問題，但由於卷二上與卷二下的篇幅實際與卷一、卷三相當，又都約三倍於卷四、卷五，所以『潘豐而麥殊嗇』的問題是難以回避的。

除『潘豐而麥殊嗇』的問題外，粵兩生集未對潘、麥二人的詩詞窮搜極討（編者或無求全之意），因此也不能將其視爲潘、麥二人詩詞的全本。對於這一情況，康有爲粵兩生集序云：『若海詩詞本多，今此區區散在人間者，亦泰山之一毫芒耳。若孺博於詞章，綿麗沈鬱，尤其天才。自少與梁啓超以才名齊，惟不自收拾。吉光片羽，爲其親舊搜發者，龍章鳳姿，亦可窺豹於一斑。』[4]

---

①陳詩：挽孺博先生，見蜕庵集附録。
②陳漢才：康門弟子述略，第一九二—一九五頁。
③孔昭焱：蜕庵集跋，見蜕庵集附録。
④康有爲：粵兩生集序。

二人詩詞被收入粤兩生集者，相對各自創作全貌而言，當是其中一部分而已。時人對粤兩生集的遺珠之憾曾有提及，如夏敬觀忍古樓詞話所提到的一首：

南海潘若海民部之博……所著有弱庵詩詞各一卷，兹得其集中未收詞一闋。別後寄魏豹公天津木蘭花慢云：『慢相逢湖海，怪豪氣、減元龍。嘆尊酒天涯，聚原草草，別更匆匆。雕蟲。耻談小技，只長歌當哭豁愁胸。不復貂裘夜走，時憂炊米晨空。孤蓬。飄轉任西風。身世苦相同。念少誤學書，老猶彈鋏，歸去無從。途窮。我今不慟，且閉門種菜托英雄。萬里俱傷久客。百年將近衰翁。』①

該詞長歌當哭，激烈憤惋，淋漓酣暢地抒發了別離飄零之痛與英雄失路之慨，饒有一股真氣流轉。置此詞於粤兩生集中，自然毫無愧色。

此外，一些發表在期刊上的詩詞也未被收録進來，經過筆者的搜集，計有次韵瘿公除夕書懷之作、堯生侍御招飲未赴、寄魏鐵三、題小雅樓詩集二首、雨後同蜕庵張園步月、坐雨呈蜕公、無題、次韵加餐一首、不寐次前韵、入都訪堯生不遇、海上遇無竟却寄、滬上逢賈郎贈以小詩因寄瘿公、登兖州杜陵臺同芸谷、立秋前一日過海藏樓、次韵乙庵和樊山方伯歲暮即事之作、登愚園小樓、西平樂慢等十三首（組）。如果算上前文所説藝蘅館詞選中的六首潘之博詞及夏敬觀所提到的木蘭花慢，則爲粤兩生集所未收者已有二十首（組）。

相形之下，麥孟華的詩詞散佚更爲嚴重，這從粤兩生集僅收其詩三十一首、詞十八首可見。有鑒於此，麥孟華後人對其作了輯佚補遺，并在民國二十五年（一九三六年）刊印了蜕庵集。陳三立蜕庵集序云：粤兩生集『顧蜕庵集所收頗未備，後十餘年，其孤搜補若干首，姻舊孔君希伯、盧君毅安任别録專集』②，即道出了蜕庵集的編刻緣由及經過。是集分二卷，上卷爲

①唐圭璋編：詞話叢編第五册，北京：中華書局，二〇〇五年，第四八〇二頁。
②陳三立：蜕庵集序，蜕庵集卷首。

詩，下卷爲詞，另有附録收時人挽詩。詩爲六十五首，詞爲二十一首，同粤兩生集相比，各有一定增補，這也算是對粤兩生集中麥孟華詩詞『殊嗇』的一種救補。當然這一補遺工作在今天仍有繼續的空間，如麥孟華詩詞稿中的秋感和任公・自卷綃衣怯嫩凉、寒雨枯坐憶曼弟・閉門冷雨尖風裏二首，政藝通報第五年第二號所刊遺懷二首，加上藝蘅馆词选所載麥孟華題詞聲聲慢，可爲粤兩生集麥孟華詩詞增補四首（組）作品，雖不爲多，却也難能可貴了。①

還有一點要説的是，粤兩生集存在一處錯誤，即將七月三夜喜雨三叠前韵歸入麥孟華名下，繫於該書卷四。蜕庵集延續了這一看法。實際上，商會公報早在一九〇八年第六號即刊載該詩，題爲喜雨，署名『若海』，考慮到該刊的時間較早而粤兩生集與蜕庵集後出，則該詩當爲潘之博所作。

總之，作爲清末民初的重要社會人士，潘、麥二人以志行知名於世，詩詞乃其餘事，故而作品或散見於報刊，或偶入於詞選，而稿本之傳則屬天幸。二人不幸早逝，康有爲、朱祖謀、何澄一乃於數年後刻粤兩生集，以示紀念。這也爲後世留下了關於二人詩詞與精神的吉光片羽，彌足珍貴。了解其成書過程，對於深入解讀『粤兩生』的詩詞創作有不小的意義。

三、『粤兩生』的詩詞價值

關於粤兩生集的價值，世人的看法并不相同：一種持知人論世之説，綰合二人生平、出處而譽其詩詞，此以康有爲在粤兩生集序中的推許與評價爲代表；另一種則有所保留，如吴宓一九六四年二月二〇日所記：『晚，讀粤兩生集，殊空泛，名過其實矣。』② 僅從粤兩生集所載詩詞的内容深度與藝術成就來看，吴宓這一『印象式』的簡略點評并不爲過。那麽，如何看待這種

① 關於麥孟華詩詞的具體刊載情况，可參見附表三麥孟華詩詞刊載情况一覽。
② 吴宓著，吴學昭整理注釋：吴宓日記續編第六册，北京：生活・讀書・新知三聯書店，二〇〇六年，第一六五頁。

認知矛盾？或者説，粤兩生集到底提供了一個怎樣的藝術世界？

（一）潘之博詩詞中的江湖之思

潘之博詩詞大多已收入粤兩生集中，其詩分别編於該集卷一、卷二上及卷二下；詞一卷，則編於該集卷三。在這些作品中，『江湖』二字出現頻率較高且最爲重要，是認知潘之博的人生及精神的一把鑰匙。循此，可以説潘之博的詩詞主要反映了他的江湖人生，展現了他的江湖世界，表達了他的江湖感受。具體説來，有以下四個層面：

第一，潘之博的江湖聯結的是他奔走救世與受挫暫隱的出處兩極，豪氣未消是其主調。潘之博一生具有黨人、幕客、隱士等身份，就其本質而言，政治性則一以貫之。他追隨康、梁，奔走於京師權貴或地方軍閥之間，縱横游説，意在挽救時局。在偶感中，他在感嘆『大局神州已可知，不須更説纍棋危』之際，徑云『紛然群士方争鹿，豈識江湖有網師』，則以『網師』自許，流露出了野有遺賢、期爲時用之意。這種救世之志在其之後游説各地軍閥、圖謀倒袁時，雖染上了幾分人世風塵，但仍不失慷慨激越：

幾曾光怪發新硎，便已伶俜過半生。澹蕩江湖猶在目，衰遲花草若爲情。孤身絶島魚龍混，昨夢重闇虎豹獰。欲竭銅山鑄鐘虡，陡教轟喝萬人驚。（偶成）

面對光怪獸獰的世界，詩人不禁感慨歲月淹留、困厄重重，結句却以洪鐘之語，表用世之志，可謂自信横溢，力透紙背。

當然，世事難爲，年長多病，江湖歸隱之思也悄然滋生：

年事漸同華髮變，江湖終與病軀宜。西風吹夢入蒓絲。（浣溪沙）

不過，即便在暫隱上海期間，潘之博也是心繫國事，時常萬感交集的：

乾坤看好在，江湖暫歸休。時復憑高望，茫茫禹九州。（忽若有觸復次前韵）

退隱不過是無奈的選擇罷了，對於志在救世的潘之博而言，華夏九州何嘗一刻被忘懷？登高而生感愴：九州之大，恨風雨飄摇如此；九州之大，恨無立錐之地以圖救挽。這樣的情懷在一些詞中也常顯現，如水龍吟·贈林畏廬：

五年夢别春明，醒來驚换人間世。長川水逝，遥天雨斷，平生何幾。銅狄摩挲，相逢怕説，興亡閑事。念東方老去，頻遭客難，應厭索、長安米。　　幾許詩情畫理。貯胸中、渺無涯涘。當年湖海，到今還有，未消豪氣。莫怪王郎，停杯中座，酒悲時起。看白頭如此，山猶未買，可憐歸計。

這首乃贈林紓之作。『念東方老去，頻遭客難』喻指中國備受列强欺凌的局面，『此誠危急存亡之秋也』。然詞人却視『興亡』爲『閑事』，謂之『閑事』非但不等閑待之，還爲之『驚』、爲之『悲』，則顯見是激憤之語了。書生報國，可惜無用武之地，這大概是潘之博江湖出處的困境。然而進亦憂，退亦憂，『當年湖海，到今還有，未消豪氣』則寫出了潘之博的傲岸不屈之姿，可視爲其奔走江湖的精神主調。

第二，若給潘之博的江湖繪一地圖的話，大體呈現爲兩點兩綫：京師與上海爲兩中心點；兩次漫游所經之地爲兩綫。京師是清末民初的政治中心，潘之博一生幾次到過這裏，較難確定。梁啓超年譜長編載，宣統二年（一九一〇年），『運動開放黨禁的事，從夏秋間就開始進行，主持其事的是先生同學潘若海、麥孺博、長壽卿』。①其後，潘之博一直待在京師，并參加了辛亥詩社：

庚戌之春，予（按：指胡思敬）在京與趙堯生、曾剛父、陳石遺、羅掞東諸君結訪古詩社，月必數會，每會必游，游必有詩，凡前朝遺迹荒烟蔓草人迹所不到之區，吟眺搜訪殆遍，亦一時盛事也。次年辛亥，石遺招陳伯潛、鄭蘇龕、林畏廬入社，皆福建人；剛父招温毅夫、潘若海入社，皆廣東人。②

---

①丁文江、趙豐田編：梁啓超年譜長編，上海：上海人民出版社，一九八三年，第五一五頁。

②胡思敬：題松筠庵話别圖，退廬全集詩·文集，沈雲龍主編：近代中國史料叢刊第四五輯第四四三册，臺北：文海出版社，一九七〇年，第三五五頁。

辛亥詩社參與人如趙熙（堯生）、曾習經（剛父）、陳衍（石遺）、羅敦曧（掞東）、陳寶琛（伯潛）、鄭孝胥（蘇龕）、林紓（畏廬）、温肅（毅夫）等，皆爲一時之選。潘之博參與其中，既有政治意圖，如結識時任都察院御史的趙熙以影響朝政，爲己黨服務①，但更重要的是結識了一批文字之交，他們也成爲潘之博早期詩詞酬唱的主要對象。由於社集的需要，他們的足迹遍及京師的諸多『遺迹』，如天寧寺、慈仁寺、花之寺、極樂寺、净業湖，留下了許多詩詞作品。

潘之博作於這一時期的詩歌，主要編於粵兩生集卷一後半部分，有十數篇之多。在這些作品中，他常用『長安』來指代京師，意涵極爲豐富。既可見其對京師風物的描寫，暗寓感時、恨别之意，如花朝同人集花之寺賦呈瘿庵一詩：

長安二月春光早，西山媚客雙蛾掃。百花生日花未開，寺名剩愛花之好。南西門外草微青，向南是走楊村道。戰嘗塵起聶將軍，十年血染紅心草。當時此寺在劫外，南城題榜攀徐浩。鎖窗蟲網室幽幽，繞榻茶烟春裊裊。諸公莫訝陳死人（寺淹雙柩），人似風花豈長保。送老年光欺白髮，憂時清泪傾愁抱。何况傷春復傷别，新昌有田堪種稻（時新昌胡湫唐侍御將告歸）。審知哀樂眼前多，不待花時應醉倒。瘿庵主人能愛客，自作長歌激穹昊。我詩待質海棠花，詩成莫遽灾梨棗。

京師早春景象固然令人心曠神怡，但歷史之慨、年光之嘆，摻入憂時、傷春、傷别等情緒，可謂樂復憂，憂復恨，百味雜陳。

而在多數情况下，潘之博借『長安』喻言京師社會複雜，感慨『居不大易』。兹例甚多，如：『長安勢利積丘山，一士寒微著此間。』（贈叔雅）『人材嘆積薪，拙宦乏巧遇。可憐金門客，老走黄塵路。亦知詩與書，不是折腰具。終勝臣朔飢，索米長安住。』（送楊昀谷改官四川）『誤落長安塵土裏，細思都是可憐生。』（贈李伯猷觀察）『長安人愛花如海，誰識松間立吾輩。嗟我平生失路人，披圖感在雙松外。』（温毅夫侍御集同社慈仁寺看松）『長安花事半僧舍，所嗟貴人身少暇。』（春晚極樂寺集

①參見陸胤清季民初的『政治與文學』——〈國風〉、〈庸言〉詩文欄研究，中國現代文學研究叢刊二〇〇六年第六期，第一九八頁。

同社看海棠）等等。無一不是感嘆在京師奔波的辛勞，由此也可見這三年他在京師生活的狀况。

隨着社會形勢的變化，潘之博將活動重心轉向地方，或入江蘇軍幕，或暫隱於上海。這期間他曾有兩次漫游，心態有所不同。一次發生在離京之後，即作於民國二年（一九一三年）的癸丑除夕次東坡韵中所説的『頻年事遠游，足迹九州半』。其時所作詩篇主要繫於粤兩生集卷二上的前半部分，有揚州軍幕作、廣陵雜詩、游陶然亭同昀谷、鎮江寓樓、焦山題句、登雨花臺、濟南、青州道中、登兗州少陵臺、山海關、瀋陽雜咏等。且看瀋陽雜咏其三：『書生真欲勒燕然，建節乘軺歷九邊。應笑宋家窮塞主，孤城落日閉寒烟。』漫游自然有觀形勢，覓用武之地的意思，但由於所經之地多古迹，而時局紛亂，難有建樹，故詩人懷古傷今，不無興亡之嘆、時局之憂，又以范仲淹爲比，有僕僕於道路，雖從戎而志未遂之感。

另一次漫游則爲民國四年（一九一五年）倒袁而起，『乙卯，袁世凱帝制議起，若海在蘇督幕，假兵符趨黔桂，起兵以抗項城』①。他在前往南寧聯絡廣西都督陸榮廷期間作了不少詩篇，主要繫在粤兩生集卷二下的中間部分，包括舟抵廣州口占、開州胡編修愔仲先世居順德之甘竹鄉其始祖忠烈公宋末殉崖門之節者也鄉臨西江下有灘乙卯九月行役過此賦寄胡君、梧州雜詩四首、泊永淳秋風江、題黄婆灘伏波神廟、南寧九日、南寧軍幕偶成、王文成公講學處、從南寧赴武鳴、羚羊峽、别五羊口占等。這些詩或寫沿途所見雄奇風景，或就沿途古迹抒發幽思，或道客中功業情懷，意藴豐富。兹看南寧軍幕偶成：

矛戟森森一府强，暫來容我著疏狂。竹梢弄影參油幕，蘭蕊吹香落酒觴（院多玉蘭，花正開）。眼底憑誰論管樂，舌端空復逞蘇張。昨來道過文淵廟，曾賦新詩感慨長。

以蘇張爲比，暗示此行的説客性質，而『疏狂』的江湖俠客精神則是久違了的。

除却這兩次漫游外，潘之博更多的時間是蟄居在上海的。在此期間，舉凡朋友聚散、陰晴風雨、偶思片感，皆書之詩。這

① 汪國垣：光宣以來詩壇旁記，民國詩話叢編第五册，第四八四頁。

些詩繫在粵兩生集卷二上的後半部分與卷二下的前半部分，按時間排列，可作日記來讀。其中頗多窮愁無聊、心情黯淡之作，雖然不乏關懷國事、心念故朝的吐屬，如『舊是王正月，年華話死灰』（甲寅元旦），但沉重的身世之感已不可遏制，『世早與身成陌路，人今知我是誰何』（病山以元日試筆詩相示即次其韵），『不作飛騰計，相安最是貧』（丙辰元旦）。的確，人生有限，世事已改，怎能不令英雄氣短呢！

第三，在潘之博的江湖中，友朋間的酬唱交往是重心所在，既有志同道合、相互砥礪的意氣風發，又不無聚合離散之感。潘之博一生交游廣泛，既有康門弟子梁啓超、麥孟華等，也有軍政界人士如徐寶山、馮國璋等。在京師與詩社友人的交往，在上海與遺老朱祖謀、沈曾植、鄭孝胥等的交往，都很頻繁。他們之間的相互酬唱直接帶給了潘之博以精神慰藉。當然，由於時世艱難，謀食不易，謀道更難，友朋間不免聚散無端，所以其詩詞往往充滿了一種江湖萍踪之感。因之，其情深，其嘆長：

頭白江湖遇公子，感今懷舊涕難收。（贈陳伯嚴吏部）

天寒殘夢隔江湖，獨雁失群傷影孤。（歲暮寄崔舍人景元吴明經宗澄陳通判相忠廣州）

一别我驚淹歲月，重逢世已改衣冠。（贈王病山）

這些贈詩將對友朋的思念融入千折百回的對時世滄桑、人生况味的體驗中，凝重而深沉。如果説生離令人心痛，死别使人無言，那麼當二者混合時，則令人愈加難以承受了。如下面這首送胡瘦簍侍御返新昌之二：

已愴青春辭麥子（蜕庵孝廉），又驚黄土化于公（適得晦若侍郎死耗）。死生離别俱堪痛，濁酒臨分强一中。

與胡思敬分别之際，念及友朋（麥孟華、于晦若）凋零，只有憑酒勉强振作，而無限哀感，已不可説。

第四，要提及的是，在潘之博的江湖之外，有一個隱形的參照，那就是遥遠而回不去的故鄉。潘之博生於廣東南海，學於廣州，自離鄉關，踏上江湖，便走上了一條回不去的路。他説：『故鄉莽墮江湖外，好句吟成欲寄誰？』（戊申長至）『江湖』爲追求理想之地，『故鄉』乃根脉所在，然將二者對舉、對立，則有蒼茫無依之感。他是心懷故鄉的，那裏的人文與風物時或牽起他的思緒，麥孟華贈他生蚝，他便説『故鄉二三月，列市盤鱗次。典衣快老饞，不惜買論器。自從别井邑，此物遠難致』（蜕庵惠蚝）；偶得嶺南詩人黎二樵的詩集，便大力表彰，『二樵所爲詩，戛戛獨振響。……同時諸作者，才力孰與兩』（以黎二樵詩集贈楊子勤太守）；而追懷廣州的朋友時，便説『春風吹五羊，景物皆可賦。願子多飲酒，世事不足務』（寄韓樹園）；當他經過廣州時，『先向閭閻驗死亡』，關心故鄉灾情，直嘆『可愛空憐此故鄉』（舟抵廣州口占）。然而，事業在江湖，他又不得不離去，『誰歟發奮爲雄者，欲别登舟更望鄉』（别五羊口占）。所以，在潘之博的靈魂裏，故鄉雖關情，但顯然要讓位於救國之念。

在潘之博去世後，吴劍泉爲作悼詩：『勃鬱移山志，沉冥蹈海行。』① 正是其救國救世心志的寫照。也因此，決定了他江湖奔走以謀進取的豪情貫穿始終，但世易時移，成就匪易，一種書劍飄零之感也在這歲月蹉跎之中暗自滋生。從這一知人論世的角度來看，其詩詞確實有不可磨滅的認知意義。

（二）麥孟華詩詞中的十年之嘆

同潘之博一樣，麥孟華也可被視爲江湖漂泊之人。從麥孟華年譜所作的梳理來看，他自光緒二十一年（一八九五年）即其二十一歲時離開廣州遠赴京師參加進士考試之後，所到之處有上海、天津、澳門、香港、日本各地等，或辨報，或變法，或逃亡，或結黨，或『倒袁』②，行迹异常豐富。粤兩生集收麥孟華詩詞各一卷，數量不多，後之蜕庵集爲作補輯不少，大致呈現了麥孟華詩詞的面貌。這些作品較爲强烈地展現了他因理想的高昂或失落而産生的哀樂情緒，詩人情懷可謂沉抑往復，歌哭無端。

如果説『江湖』是理解潘之博詩詞之鑰的話，那麼麥孟華的詩詞則要從『十年』這一時間詞上找尋突破口：

① 汪國垣：光宣以來詩壇旁記，民國詩話叢編第五册，第四八四頁。
② 參見馬以君主編麥孟華集附録麥孟華年譜，第三九五—四〇七頁。

式微式微胡不歸？十年塵土漬征衣。雄心未死桓郎老，搖落江潭柳十圍。（惺庵感式微之詩斷取其語爲詩八章哀感頑艷悱惻動人蛻庵讀而悲輒亦繼作河上之歌不自知其幽抑也）

十年身世蒼茫事，起落無端到眼前。歷歷滄桑成小劫，沈沈哀樂便中年。（秋夕漫成其二）

十年奔走蹪埃塵，骨肉天涯剩子親。已是殘年催急景，更從客路送歸人。（歲晚送從兄還家）

十年湖海還今日，千里關山付獨吟。（九日偕同人登龍華塔其二）

風雲千劫經過盡，執手相看各老蒼。未遽成翁已頭白，便多酗我不能狂。十年離合驚春夢，一角江山送夕陽。各抱相思無可説，明朝山岳兩茫茫。（贈夏穗卿）

澒洞京塵舊往還，新亭涕泪話時艱。十年人海重相值，當日名流略已殘。（贈高嘯桐太守其二）

未應落落終難合，坐對茫茫始欲愁。立雪門前行迹斷，十年心折此淹留。（開春四日雪後獨游張園）

十年重見。便黄塵席帽，鬢絲搔短。問舊日、湖海元龍，甚酒興吟懷，老來都減。我亦飄零，笑一例、天涯蓬轉。休剪燈再話，銅駝消息，玉龍哀怨。（解連環·送魏鐵珊之瀋陽上闋）

十九世紀末期，麥孟華參與了康、梁領導的公車上書、强學會、戊戌變法等活動，成爲維新派的中堅分子。此時的麥孟華確實稱得上『京華游俠』（朱祖謀水龍吟·麥孺博挽詞中語）；而在變法失敗之後，其所參與的保皇運動、立憲運動皆無所成，辛亥革命後，更難有所作爲，不得不『山林栖遁』，隱退於上海，因此，曾經的京華風雲便成了遥遠的絶響。今昔對比，無怪乎麥孟華對於時間的感受格外强烈。上引諸作中，時世的滄桑變化，友朋的死生契闊，生命的奔走寥落，年華的老大無成，都堪稱麥孟華的心結。讀之，令人遂起英雄失路、失時之嘆。

在麥孟華死後，何天柱有挽聯道：

公竟何之？十年送抱推襟，豈料親友成逝水

吾將安仰，廿載懷才遁世，可憐文字只藏山①

所謂『懷才遁世』，其實并不是麥孟華放弃了救世之志，實則是時世弃人，無以抗拒。這點倒是同康、梁的人生有互可參證處：『康有爲是以不變應萬變，早年由於太超前，晚年由於太落伍，所以一生都被國人視爲怪物，總被别人嘲笑；梁啓超則以其善變而追求不變，變的是他要努力適應這個時代，不變的是他對國家、對民族、對國民的愛和責任感。』②面對時代之變，麥孟華堅守師説不變，救世之志亦不變，一近愚，一確固，頗值得玩味。由此，或許也可以理解麥孟華一生的境遇。

四、『粤兩生』的生前身後名

麥孟華、潘之博先後於一九一五年、一九一六年去世，前後相差僅一年。潘之博挽麥孟華聯云：『與陳元方十載周旋，志潔行芳，知之猶悉；使郭林宗一慟欲絶，人亡國瘁，夫復何言。』③他將麥孟華比於東漢名士陳紀，而以郭泰自比，知己之喪，自痛不可言。及至潘之博亦喪，作爲老師的康有爲有『天喪予』之痛。其作於該年的丙辰九月二十九夕，題麥孺博、潘若海爲盧毅安寫扇圖一詩題序云：『毅安弟以孺博、若海合寫詩詞請題，蓋自甲寅來滬，日與二子共事，而乙卯孺喪，丙辰若殂，誰與共天下事者，每念心痛。欲賦不能下筆，今乃攬筆哀之，成詞老泪猶濕也。』詩云：

吾門房杜有奇才，次第沈埋委草萊。本是同心人合璧，痛看遺墨劫餘灰。掣鯨碧海詞猶壯，賦鵩長沙命可哀。吾道窮

---

①胡君復編：古今聯語彙選第四册，北京：西苑出版社，二〇〇二年，第三五六頁。

②解璽璋：梁啓超傳上部，上海：上海文化出版社，二〇一二年，第一六一頁。

③胡君復編：古今聯語彙選第四册，第三五六頁。

乎天喪咒，灑將老泪濕青苔。①

在此，康有爲將潘、麥二人并提稱爲『吾門房杜』，推許不可謂不高，則後之『粤兩生』之稱，蓋有以也。斯人已逝。謹將康有爲祭文中追憶麥孟華的一段文字録之於下：

孺博早敏慧，其父處士柏君先生善教子，命偕弟仲華來學，年十八，端凝秀拔，長頭高額，金聲玉色，耳聞而記於心，目過而誦於口，熟文史，貫中外，尤通孔子微言大義及宋元明儒學案。不一年學大成，通經博今，天性能文，淵雅宏茂，妙解詩詞，華妙精深，人皆欽其寶，莫名其器也。②

從這段描述中，可以想見十八歲的麥孟華是如此的博學多才，雄姿英發，令人無限期許。然而時世弄人，麥孟華的英年早逝令人不勝唏嘘。從詩詞中，由麥及潘，遥想二生當年，或許還能够追踪他們曾經的風姿氣度與思想光芒，一定程度上領略清末民初時期的知識分子在面對國難局危時的心路歷程吧。

五、本書整理情况説明

本書是對『粤兩生』潘之博與麥孟華詩詞進行全面整理的成果。主體部分共分五卷，基本遵循粤兩生集的體例編排，前三卷分别爲弱庵詩詞，后二卷爲蜕庵詩詞。至於二人詩詞爲粤兩生集所未收者，按照先詩後詞的原則，分别編爲外集卷一弱庵詩詞，外集卷二蜕庵詩詞，并於作品之後注明出處。外集卷一弱庵詩詞主要依據來源期刊同類先後排列，外集卷二蜕庵詩詞則主

---

①康有爲著，上海市文物保管委員會文獻研究部編：萬木草堂詩集——康有爲遺稿，上海：上海人民出版社，一九九六年，第三四三頁。

②康有爲：祭麥孺博文，康有爲著，上海市文物保管委員會編：戊戌變法前後——康有爲遺稿，上海：上海人民出版社，一九八六年，第六四一頁。

要遵循蜕庵集的編排順序。至於一個題目下的詩詞有兩首及兩首以上的，除在題目處以『（某首）』標明外，亦在其間加了『其一』『其二』等。應予説明的是，粤兩生集卷四蜕庵詩中原有七月三夜喜雨三疊前韵一詩，因其爲潘之博作品，故移入外集卷一弱庵詩詞内，題爲喜雨。

點校方面，本書以廣東省立中山圖書館所藏民國十年（一九二一年）粤兩生集爲底本，校以麥孟華詩詞稿、民國二十五年（一九三六年）蜕庵集及民國期刊所載潘、麥詩詞，對於有價值的异文或他人相關作品，并於校記中載之。

本書前言部分，主要探討問題有三：一是潘之博與麥孟華的文人身份；二是粤兩生集的成書問題；三是潘之博與麥孟華的詩詞價值。通過回答這三個問題，試圖爲讀者了解『粤兩生』的生平、交游及詩詞創作提供一些幫助。

附録有三種：其一爲潘麥論詞資料，録自梁令嫻藝蘅館詞選；其二爲各家評論資料，乃從各類文獻中搜集的序跋評論文字；其三爲師友紀念酬贈作品，包括諸家挽詩、挽聯，以及康有爲、梁啓超、羅惇曧、曾習經諸人的作品。上述資料有助於讀者加深對於『粤兩生』的認識。

附表一：潘之博詩詞刊載情况一覽

序號	篇名	期刊登載情况	粤兩生集是否選録
一	次韵瘿公除夕書懷之作	國風報第一年第一五號	√
二	送楊昀谷改官四川	國風報第一年第二七號。題作「送楊公舉之官」	√
三	同香宋昀谷鶴柴瘿庵游天寧寺	國風報第一年第三〇號。題作「同昀老鶴柴瘿庵游天寧寺」。又載震旦第三期，題作「同人游天寧寺」	√
四	昀谷别未幾復自鄂來都將之粤東	國風報第一年第三二號。題作「昀谷太守自漢入都將之廣州賦呈一首」。署曰「若海」	√
五	中用人日題詩寄草堂爲韵分得寄字	國風報第二年第四號。題作「人日蘇堪叔伊堯生山腴毅夫同集瘿庵用人日題詩寄草堂爲韵分得寄字」。署曰「弱庵」	√
六	堯生侍御招飲未赴	國風報第二年第四號。署曰「弱庵」	
七	三月初八日清明……并訂極樂寺之約	國風報第二年第一一號。署曰「弱庵」	√
八	寄魏鐵三	政藝通報第五卷第三期。署曰「若海」	
九	題小雅樓詩集二首	政藝通報第五卷第一〇期。署曰「若海」	
一〇	雨後同蜕庵張園步月	政藝通報第五卷第一一期。署曰「若海」	
一一	坐雨呈蜕公	同右	
一二	無題	同右	

（續表）

序號	篇名	期刊登載情況	粤兩生集是否選録
一三	次韵加餐一首	政藝通報第六卷第一九期。署曰『若海』	
一四	不寐次前韵	同右	
一五	游陶然亭同昀谷	庸言一九一三年第一卷第三號。又載演説報一九一三年第四三期。題作『偕昀谷登江亭』。署曰『潘博』	√
一六	入都訪蕘生不遇	庸言一九一三年第一卷第四號。署曰『潘博』	
一七	山海關	庸言一九一三年第一卷第六號。題作『宿山海關』。署曰『潘博』	√
一八	瀋陽雜咏	庸言一九一三年第一卷第六號。題作『瀋陽雜感』	√
一九	海上遇無竟却寄	庸言一九一三年第一卷第九號。署曰『潘博』	
二〇	滬上逢賈郎贈以小詩因寄夔公	同右	
二一	青州道中	庸言一九一三年第一卷第一六號。署曰『潘博』	√
二二	濟南	同右	√
二三	登兖州杜陵臺同芸谷	庸言一九一三年第一卷第一七號。署曰『潘博』	
二四	立秋前一日過海藏樓	庸言一九一三年第一卷第二一號。署曰『潘博』	
二五	次韵乙庵和樊山方伯歲暮即事之作	庸言一九一四年第二卷第一、二號合刊。署曰『潘博』	
二六	登愚園小樓	庸言一九一四年第二卷第三號。署曰『潘博』	

（續表）

序號	篇名	期刊登載情況	粵兩生集是否選録
二七	寄瘿庵	庸言一九一四年第二卷第四號。題作「久不通訊小詩代柬」。署曰「潘博」	√
二八	喜雨	商會公報一九〇八年第六號。署名「若海」	√ 題作「七月三夜喜雨三疊前韵」。誤繫於麥孟華名下
二九	西平樂慢·題章太守銅官感舊圖	民權素第一七集。署名「若海」	
三〇	木蘭花慢·與瘦篁、晦人晚登掃葉樓	學術世界一卷七期。署曰「潘之博若海遺著」	√
三一	木蘭花慢·連日與晦人泛舟秦淮	同右	√
三二	木蘭花慢·別後寄魏豹公天津	同右。又見夏敬觀忍古樓詞話	

附表二：潘、麥詞入選藝蘅館詞選情况一覽

所在藝蘅館詞選的卷次	詞人	入選藝蘅館詞選具體篇目	入選粵兩生集情况	總計
丁卷	潘博	浪淘沙·潯陽訪琵琶亭故址		十三首
		浣溪沙·曉過小姑山		
		賀新郎·贈子剛		
		解連環·丁未六月，東游扶桑，歸國有日，賦此留贈任公		
戊卷		惜紅衣·收燈後一日，大風雪，命屐游城内點春園，陟山石最高處，四望凄然，頓觸遐感。因和白石韵以寫之	√	
		惜紅衣·彊邨先生以病不果爲鄧尉之游，叠姜韵寄之		
		齊天樂·春歸人老，夜盡酒闌，歌以寫之	√	
		蝶戀花（擔閣閑愁知幾許）	√	
		蝶戀花（緑意紅情深復淺）	√	
		蝶戀花（玉骨乍驚冰簟冷）	√	
		蝶戀花（綉户四垂珠絡索）	√	
		緑蓋舞風輕·初夏感懷，用弁陽老人韵	√	
		八聲甘州·和柳屯田韵，同彊邨侍郎賦	√	
丁卷	麥孟華	六醜·除夕	√	五首
		解連環·酬任公，用夢窗留白石韵	√	
		解連環·早春雪意	√	
戊卷		蝶戀花（爛錦年華驚過羽）	√	
		蝶戀花（得雨芭蕉陰漸展）	√	

附表三：麥孟華詩詞刊載情況一覽

序号	篇目		麥孟華詩詞稿	發表的刊物	選錄情況：藝蘅館詞選	選錄情況：粵兩生集	選錄情況：蛻庵集	選錄情況：麥孟華集
一（一）	辛丑歲暮雜感	猛憶西歐前世紀		新民叢報第一三號（一九〇二年八月四日）			√	√
一（二）		興亡與有匹夫責					√	√
一（三）		黃金虛牝苦蹉跎				√	√	√
一（四）		紛紛幾輩自清流				√	√	√
一（五）		霜華壓瓦怯嚴寒				√	√	√
二（一）	贈夏穗卿	風雨千劫經過盡				√	√	√
二（二）		笑予蓬轉紅塵裏					√	√
三（一）	秋夕漫成	病來意氣不飛騰				√	√	√
三（二）		十年身世蒼茫事				√	√	√
四（一）	送曼蓀弟英倫留學	麒麟墮地思千里				√	√	√
四（二）		青鐙約略兒時味				√	√	√
四（三）		那得儒冠便誤身					√	√
五	重九登龍華塔					√	√	√
六	加餐一首呈若海擊一		√			√	√	√

（續表）

序号	篇目		麥孟華詩詞稿	發表的刊物	選録情況：藝蘅館詞選	選録情況：粵兩生集	選録情況：蛻庵集	選録情況：麥孟華集
七（一）	送孝高入都	旭日曈曈大道開		新民叢報第三〇號（一九〇三年四月二十六日）。題爲『送高山孝入都』		√	√	√
七（二）		胡雛驕倚東門嘯					√	√
七（三）		中原車馬正風塵					√	√
七（四）		橫覽燕雲十六州					√	√
八（一）	贈高嘯桐太守（二首）	雨打風吹餘子盡	√			√	√	√
八（二）		澒洞京塵舊往還	√				√	√
九	雪夜獨歸懷曼蓀二弟					√	√	√
一〇	歲暮寄懷曼蓀二弟英倫		√			√	√	√
一一	掞舅寄示除夕詩即用元韵奉懷			國風報第一年第一六號『文苑』（一九一〇年七月十七日）		√	√	√
一二	若海次韵寄懷曼蓀弟仍用前韵奉畣并寄曼蓀					√	√	√
一三	七月三夜喜雨三疊前韵					√	√	√
一四（一）	畣若海見懷之作	胸中百能不一試		國風報第一年第一六號『文苑』（一九一〇年七月十七日）		√	√	√
一四（二）		五陵年少紛裘馬				√	√	√
一五	寄懷若海		√			√	√	√

（續表）

序号	篇目		麥孟華詩詞稿	發表的刊物	選録情況			
					藝蘅館詞選	粵兩生集	蜕庵集	麥孟華集
一六（一）	若海以新詩見示淒怨甚矣賦此慰之	掩關獨夢太淒淒	√			√	√	√
一六（二）		休論花房與蜜脾	√			√	√	√
一七	去歲有寄懷曼蓀之作任公見而賞之次韵寄曼蓀仍用元韵奉畣一首兼寄仲策美洲曼蓀英倫		√			√	√	√
一八（一）	任公書來規慰至摯然區區之意似有未盡深知者賦此畣之	鬱鬱孤懷不可寬		庸言第一卷第九號（一九一三年四月一日）		√	√	√
一八（二）		吾曹所學期能信				√	√	√
一九（一）	秋感和任公	星河不動夜如年	√			√	√	√
一九（二）		髧柳鬖鬖傍玉闌	√			√	√	√
一九（三）		露重衣單不自知	√			√	√	√
一九（四）		自捲綃衣怯嫩涼	√					
二〇	開春四日雪後獨游張園			國風報第一年第二二號『文苑』（一九一〇年九月十四日）		√	√	√
二一	秋夜			國風報第一年第二二號『文苑』（一九一〇年九月十四日）		√	√	√

（續表）

序号	篇目		《麥孟華詩詞稿》	發表的刊物	選録情况：《藝蘅館詞選》	選録情况：《粵兩生集》	選録情况：《蛻庵集》	選録情况：《麥孟華集》
二二	二月二日雪中泛棹西湖					√	√	√
二三（一）	庚子感事	噎噎三年陰翳日		《新民叢報》第一〇號（一九〇二年六月二〇日），題爲『感事（庚子舊作）』，署名『蛻庵』。又載於《上海選報》第二三期（一九〇二年七月二十五日），題爲『感事』，署名『蛻庵』			√	√
二三（二）		壓城雲黑未全消					√	√
二四（一）	悼亡	泪寒鰥枕月如冰					√	√
二四（二）		年來寒暖郎調護					√	√
二四（五）		相思一日一千回					√	√
二四（六）		緘愁一寸怨何如					√	√
二五	惺庵感式微之詩斷取其語爲詩八章哀感頑艷悱惻動人蛻庵讀而悲之輒亦繼作河上之歌不自知其幽抑也八首			《新民叢報》第三六號（一九〇三年八月二十一日）			√	√
二六	水閣夜坐						√	√
二七	歲晚送從兄還家	十年奔走躓埃塵	√				√	√

（續表）

序号	篇目		麥孟華詩詞稿	發表的刊物	選録情況			
					藝衡館詞選	粵兩生集	蛻庵集	麥孟華集
二八	寒雨枯坐憶曼弟	閉門冷雨尖風裏	√	政藝通報第五年第二號（一九〇六年二月二十三日）				√
二九（一）	無題	鰥鰥羈緒不禁秋					√	√
二九（二）	無題	西秋萬里夜迢迢					√	√
二九（三）	無題	薄薄紗厨透晚凉					√	√
二九（四）	無題	連環六六曲屏風					√	√
三〇	秋心						√	√
三一	雨後獨步至張園夜坐			政藝通報第五年第一一號（一九〇六年七月六日），題爲『夏夕感懷』，署名『蛻公』			√	√
三二（一）	九日偕同人登龍華塔（二首）	市居無計避塵埃	√				√	√
三二（二）	九日偕同人登龍華塔（二首）	履迹苔痕不可尋	√				√	√
三三	寄懷友人哈爾濱						√	√
三四	秋感和任公							
三五	西湖偕雪舫							√

（續表）

序号	篇目		麥孟華詩詞稿	發表的刊物	選録情況			
					藝蘅館詞選	粵兩生集	蜕庵集	麥孟華集
三六（一）	遺懷	笑余十載九天涯		政藝通報第五年第二號（一九〇六年二月二十三日）			√	
三六（二）		髮漸蕭蕭帶漸寬						√
三七	念奴嬌（漂萍纔定又匆匆）					√	√（百字令）	√
三八	蘭陵王（晚烟直）		√	國粹學報第一五期		√	√	√
三九（一）	蝶戀花	珠幌春星和夢數				√	√	√
三九（二）		蓮子青春心最苦					√	√
三九（三）		庭院愔愔人悄悄				√	√	√
三九（四）		小簟輕衾春夢薄				√	√	√
四〇	長亭怨慢（儘銷盡）					√	√	√
四一	月下笛（萬頃寒漪）		√	國粹學報第一五期		√	√	√
四二	金縷曲（此漢錚錚鐵）					√	√	√
四三	六醜（甚低鬟彈露）			國風報第一年第九號『文苑』（一九一〇年五月九日）		√	√	√
四四	解連環（十年重見）			國粹學報第一六期		√	√	√
四五	三姝媚（西園芳訊早）					√	√	√

（續表）

序号	篇目		麥孟華詩詞稿	發表的刊物	選録情況			
					藝蘅館詞選	粵兩生集	蜕庵集	麥孟華集
四六	齊天樂（酣霜敗葉敲窗急）					√	√（臺城路）	√
四七	六醜（又凋年黃落）				√	√	√	√
四八	解連環（旅懷千結）				√	√	√	√
四九	前調（四垂天窄）				√	√	√	√
五〇（一）	蝶戀花	爛錦年華掠過羽			√	√	√	√
五〇（二）	蝶戀花	得雨芭蕉陰漸展			√	√	√	√
五一	琵琶仙（如此江山）					√	√	√
五二	虞美人（人間天上空相憶）						√	√
五三	金縷曲（煮夢燈如豆）						√	√
五四	聲聲慢（瓣香薰艷）				題詞			

注：組詩（詞）按一首計，同時以（一）（二）……作为下級序號。

目録

卷二下　弱庵詩……四三

卷五　蜕庵詞……九三

外集卷一　弱庵詩詞

（二）各家挽麥孟華聯

粵兩生集序

康有爲

吾自海外歸，以甲寅六月居上海申嘉園，日與沈子培尚書游，而問人才曰：『自戊戌吾亡外十六年，與中國人士久不接。後起多才賢，孰冠冕者？』尚書應曰：『以所見人才，能冠一國，莫如君之門生麥孺博、潘若海也。』吾聞而適適驚，乃輕吾東家有顏子而不知也。二子者，皆有萬夫不當之勇、博極古今之學、通貫中外之識、惻怛救國之仁，沈毅而剛勁，直大而忠純，至誠而有仁術，觀世甚深而去就不苟，安貧自娛，非其道，與之千駟、萬鍾不受。二子相友善，相扶携，抵掌行吟，五升之飯不飽，不忘憂中國、哀生民，孜孜鍥而不捨也。夫震萬石之鐘，器巨聲閎，翼負青天，待培風而搏九萬，而搶枋榆之燕雀笑之。沈尚書以爲冠國士也，豈其阿耶？昔吾講學粵萬木草堂，時有吾邑陳千秋禮吉、曹泰箸偉兩生，高才博學，冠絶一時，皆以甲午不幸短命死矣。及戊戌從我變法，則有譚嗣同復生、林旭暾谷兩生，皆以奇才戮死矣。越歲庚子，唐才常㪍丞又以奇才閎學，舉兵漢口，蒙難死矣。越數年，三水何樹齡、易一道，通天人，無言而死矣。傷心陳蔡，痛念吾黨人才寥落，已令鄙人有天咒之悲。所與經營中國、負荷生民者，有孺博、若海二子，乃先後長往也。昔袁世凱之將帝，兩召孺博相見，且授以教育總長。孺博即拂衣出國門，見且猶不可，况欲以官污之也。雖許由洗耳、巢父掉頭，豈有加焉！然乃俯首與若海入江督馮國璋幕，相與謀倒袁，以爲非西南，無敢起兵者。若海既游説桂督陸榮廷，訂舉兵之約，又僞江督舉兵，電約滇中蔡鍔，滇、桂遂先後舉兵。若海爲袁怒，嚴捕，走香港，嘔血死於吾家亞賓律道三號宅中。孺博則以乙卯怒袁稱帝，而先氣絶死。嗚呼！『人之云亡，邦國殄瘁。』自二子之逝，天實喪予。吾遂孤獨窮老，吊影海濱。嗟乎，才難！既有其人，又復凋之，傷心人兮，將如之何！孺博弱冠舉於鄉，若海爲郎於民政部十餘年，從吾奔走救中國。若海弱冠從戎習兵略，志倜儻，輕權奇，籥浮雲，横八表。嘗入揚州猛將徐寶山幕，將擁之以勤王，遍交全國諸將帥，盡識其才略、兵械，而欲乘時鞭笞撫用之。孺博則太冲希夷，抱德煬和，懷寶迷邦，不易乎世，不成乎名，不見是而無悶，遁世不見知而不悔，確乎不可拔之，潛龍也。然二子以憂國故，皆抱懷大志，鬱伊不少展，故其發之於詩詞，多憂傷憔悴、悲秋冶春之綺語，則未能天游也乎。然其雄深鬱律之氣，若春雲出而海潮涌，騰踔峻厲，光怪怒發不可遏。然抑之柔之，中乎桑林之舞，樂而不淫，哀而不傷，論世知人，固自得之。若拘者美其詩法出少陵、昌黎、東坡、半山，詞調出於美成、夢窗、稼軒、白石，抑末也。若海詩詞本多，今此區區散在人間者，亦泰山之一毫芒耳。若孺博於詞章，綿麗沈鬱，尤其天才。自少與梁啓超以才名齊，惟不自收拾。吉光片羽，爲其親舊搜發者，龍章鳳姿，亦可窺豹於一斑。杜少陵曰：『吾憐孟浩然，短褐即長夜。賦詩何必多，往往凌鮑謝。』後有知音者，應同此賞嘆也。朱彊邨侍郎久與二子游，多所倡和，既嘆念逝者，爲録校其所爲詩詞，令吾序之。披卷咏嘆，天寒日短，夕陽在山，朔風振厲，修竹蕭條，聞山陽之笛，哀怨微茫，感舊傷懷，能無愴恨！朱侍郎曰：『潘、麥二子之志行，庶幾魯兩生。』若海，名之博，南海人；孺博，名孟華，順德人。吾遂名爲粤兩生集而序之。辛酉十一月十一日，康有爲。

卷一　弱庵詩

南海　潘之博　若海

龍華寺看花（二首）

其一

楊柳絲絲拂曉烟，落花黯黯撲吟鞭。平蕪十里江南路，瘦馬馱春記少年。

其二

塔鈴不語晝陰陰，大有游人布地金。細雨濛濛春夢濕，寺門一尺落花深。

贈陳伯嚴吏部

中丞昔日莅吾州，霜鶚摩空隼擊秋。不獨吏材似張趙，兼聞經術抗匡劉。姓名賤子曾蒙記，齒頰餘芬遂偶留。頭白江湖遇公子，感今懷舊涕難收。

晨起書懷

霏霏爽籟散朝暉，兀兀深堂坐翠微。別有深懷難語俗，無端清泪忽沾衣。蓬飄萍轉孤根在，地老天荒萬念非。苦爲高翔逐黄鵠，而今中路且安歸。

賦答樹園

潸然掩袂下高丘，强折瑶華當蹇修。清切洞房環佩冷，寂寥山館薜蘿幽。微聞瓊室當秋怨，誰遣滄波入海流。不信人間有精衛，千年心念未能休。

丙午秋日寄蜕庵海上

秋色中原雁背來，傷秋何處有高臺。五噫掩抑勞三復，萬竅呼號并一哀。叢菊尚餘前日泪，重陽憶共去年杯。勞薪欲析愁難盡，繭足天涯歲幾回。

次韵崔大景元九日登越王臺見懷之作

五年彈鋏偶歸來，剩欲尋君一把杯。懷抱蒼凉成萬感，别離惝怳抵千哀。人間蕭瑟今何世，物外登臨古有臺。知汝傷高深一往，菊花難遣病顔開。

送鄭大之桂林

南國初驚别，東風乍斂寒。時危艱斗粟，道險閲千灘。稍稍春波動，凄凄客袂單。祇憂書札阻，莫厭酒杯寬。

簡吳二十處士

燈火初宜夜，塵埃共一城。酒悲來似突，流念積難盈。下筆論孤憤，端居學養生。蓬蒿深没徑，知汝漸逃名。

夜坐

淅淅風簾静，泠泠夜燭清。花開翻悵望，雁過失逢迎。薄夢連宵寤，微瀾廢井生。誰能書鳳紙，消息問重城。

華階新喪子賦此慰之

百感在骨肉，君今及此悲。達觀雖可了，酸抱詎堪持。觸物生遐戀，含哀入夢思。願舒東野痛，試誦退之詩。

答子剛

銷骨固知因積毁，通詞空事托微波。讀書憂患非今始，逐物悲傷與日多。一歲又看芳事了，百年應奈此身何。西江千尺淪漪在，夢斷年時倚棹歌。

次韻答蜕庵

古往今來幾哀涕，天涯地角兩勞人。一秋滄海沈沈夢，百首新詩奕奕神。山霧未容文豹隱，江波難遣白鷗馴。微塵身世何能控，迸入遷流萬化輪。

贈何翽高

順德當時稱二直，剩君孤節晚彌堅。記曾江海前年見，相送風沙萬里邊。前年先生赴西藏時，道出上海，曾於蜕庵席上相晤。醉夢鈞天成絶憶，陸沈黄綬尚依然。功名何足關心事，閉户狂歌且放顛。

贈陳鶴柴（二首）

其一

急弦無緩調，羈羽多哀音。安貧古人節，茹苦志士心。流念積未已，浮塵滿千岑。一卷冰雪文，聊用慰遐襟。

其二

茲事幾人工，前修百輩盡。獨於千世下，寒灰撥微燼。媚古有猛心，趨時無懦韵。殘書讀且了，閉户視日影。

寄梁子光

北海飛濤一千尺，嗟君相對欲窮年。獨抛萬事閉門卧，耻逐浮名受衆憐。文字功夫參聖處，交游離合念生前。懸知風雨迷離夜，蹋壁狂歌耿不眠。

長樂高嘯桐先生徵試御史罷歸卧病海上賦此簡之

高公意氣舊横秋，病對枯槃欲白頭。晚節功名憎虎豹，愚兒訕謗等蜉蝣。刺天眼倦群蜚亂，觀化神爲八極游。安得雄文似七發，與君已疾更銷憂。

越日再簡嘯桐先生

紛紛水旱遍方州，坐使端居長百憂。垂老身猶思報國，不平蟲但解鳴秋。莫因失馬將心擾，會見搜岩應夢求。誰識支離多病叟，目中久不見全牛。

寄吴小農瓊州

我家南海君海南，山川勢斷波濤銜。十年相望不相見，一朝傾蓋情始酣。崔君坐上記識面，乍見叔度心爲慚。披肝露膽不自閟，終朝苦語相喃喃。誰謂歡情忽破散，風雪無計留征驂。匆匆轉眼又春暮，庭花落盡紅毿毿。佳人不與携素手，縱有幽賞同誰探。登樓目極天一角，愁心萬叠空勞緘。想君高卧遠塵俗，讀書終日扃雲岩。翰林清德世所重，鳳毛濟美君宜堪。良工用心不鹵莽，十年抱器勤鐫鑱。立名傳世自有具，不須蹭蹬愁青衫。況今四海法網密，文人到處傷謗讒。男兒當惜好身手，更莫倉卒投奸貪。嗟我短衣走塵土，蠢蠢逐隊豈所甘。行當往覛鷗與鷺，烟雨一舸留江潭。不然歸去誅茅計，亦得故山絶處當可庵。君能與我共此約，江頭幸勿遲來帆。

歲暮寄崔舍人景元吴明經宗澄陳通判相忠廣州

崔郎多病貌苦臞，昔年玉立今有鬚。終朝栖栖走塵土，智巧不免人所奴。吴郎游俠不好儒，常時牽犬逐兔狐。近來頗説思仕宦，低頭向人色不腴。獨有陳侯稱酒徒，胸中貯藏千卷書。即今蹭蹬百僚底，意氣猶可屈萬夫。三君相與頗不疏，我亦逐隊同游魚。天寒殘夢隔江湖，獨雁失群傷影孤。玉梅著花雪肌膚，海中幽人多賞娱。呼童開尊愧秉燭，醉倒不用人相扶。可憐天末遠游子，獨自尋詩向蕭寺。

寄樹園

深山大澤閟君風雷之奇志，千憂百感摧君土木之頹形。憶君中宵促膝之苦語，感君臨歧贈别之深情。山川雖隔心若一，風雨如晦鷄常鳴。十年摩眼風塵内，静閲時流千百輩。但見尋聲逐影徒紛紛，未若執節如君有高概。世人目不識夜光，弃擲至寶在道旁。輪困朽木致上國，窈窕佳人閉空房。可憐年欲五十矣，心似枯桐半生死。往時逸氣凌雲霄，今日孤身辱泥滓。閉門不與俗人接，但作歌詩自悲喜。衆緑繞屋百鳥呼，有書可讀酒可沽。願君善保千金軀，丈夫未死不可料，萬一還爲世所須。

山陰姚伯懷觀察喪車過滬哭挽一首

惜别未能逾半載，忽聞君死太無端。非無遇合尋常羨，竟爾生年四十難。觀察年僅三十九。歸去一棺餘我慟，飢寒八口與人看。迴腸記否年時事，剩付江流曲折盤。

余與羅癭公别三年矣歲暮京邸相遇杯酒話近況甚悉微有抑鬱不平之意賦贈二首

其一

三年江海迴腸盡，地凍天寒此忽遭。數盞相從話身世，一官所得是牢騷。紛紛腐鼠從渠嚇，落落孤松自我高。此意未宜與俗説，但將癢處各還搔。

其二

不作三公等閑耳，此身肯與衆低昂。吾儕自要留真相，今世何妨著古狂。憐汝鸞飄還鳳泊，看它李仆又牛僵。浮雲蒼狗千般幻，不值尊前笑一場。

贈叔雅

長安勢利積丘山，一士寒微著此間。信有奇情屬鷗鳥，終妨此意委榛菅。冰霜慘刻年光緊，邸舍蕭條旅食艱。曷若長歌賦歸去，長鑱猶及劚烟鬟。

贈陳石遺

陳侯老嚼人間味，沈鬱胸中百不平。黄綬一官塵土撲，白波千頃夢魂縈。新詩軼宕誰能和，快論縱横世所驚。聞道遐心托江海，野鴻閑鷺若爲迎。

次韵簡張侍御

我輩相逢且放言，何知竄伏與飛騫。春光欲向客中盡，襟抱思從物外論。閣閣蛙聲鳴廢井，翽翽鳥影弄荒樊。閉門看遍花開落，始覺芳心負酒尊。

東來十日墨江櫻花盛開昨宵風雨零落盡矣

十日櫻花作意開，繞花豈惜日千回。昨來風雨偏相厄，誰向人天訴此哀。忍見胡沙埋艷質，空將清泪滴深杯。多情漫作它年憶，一寸春心早已灰。

夜坐

一碧寥天雨乍停，屋山纖月上亭亭。孤燈對坐儒生腐，萬籟初隨夜氣冥。殘暑過秋猶戀棧，濕螢乘暗欲穿櫨。閑宵心事微波似，百折千回任所丁。

雨夜二首

其一

山中一雨過，海上萬濤翻。惜别故人遠，閉門羈思繁。鳥聲勸孤酌，松籟送微喧。合眼參群妙，何時了語言。

其二

鄉遠夢偏短，樓高風更寒。春將花事去，雨滴客心酸。濁酒綿神理，明鐙照薄歡。浮生有念慮，起坐惜宵殘。

宿箕面山秋錦樓

亂山森擁一樓寒，如水鐙痕照夢殘。怪石幻爲奇鬼立，澄淵深有老蛟蟠。噓霜萬葉飛難定，吐月孤崖缺不完。贏得清宵毛髮聳，皞叢悲嘯太無端。

向夕

向夕珠鐙的的光，不辭千遍繞迴廊。伶俜客袂沾殘淚，晼晚秋叢媚薄香。寂寂遠山寒不動，寥寥古意憶難忘。海枯石爛須臾事，未及蟲聲一枕長。

須磨

須磨海畔一茅亭，魚浪吹空晝杳冥。山與亂帆爭出没，客尋殘葉説飄零。蟲沙何用知生死，鷗鷺能來共醉醒。萬里驚飆飄地至，急招愁魄入深扃。

偶成

幾曾光怪發新硎，便已伶俜過半生。澹蕩江湖猶在目，衰遲花草若爲情。孤身絶島魚龍混，昨夢重闍虎豹獰。欲竭銅山鑄鐘虡，陡教轟喝萬人驚。

自箕面山夜歸

不辭風露夙宵征，磊磊星光照水明。十里奔車似雷動，亂山高下送人行。

次蛻庵韵

客身誰謂九州寬，獨立蒼茫感百端。雲氣胸中鬱膚寸，月華夢裏照悲歡。杈丫肝肺當秋熱，淡薄齏鹽送老難。我亦平生有羈抱，
袖羅誰念晚風寒。

題王判公遺像

功業文章自霄漢，聲名謗議各丘山。蒼顔不改風霜後，精氣常留天地間。舉動豈爲群喙沮，退歸終惜十年閑。吾儕漫有思齊想，
岳岳神峰未許攀。

病中賦呈任公

昏昏常覺心如醉，忽忽乍驚秋又殘。際地遠愁來蒼莽，閉門閑味嚼荒寒。狂臚今古言何用，暫隔風波夢稍安。欲供爐香銷病意，
孰知衣帶已全寬。

戊申長至

昔怪杜陵窮獨叟，却逢至日慣題詩。及兹今節成吾老，始識當時作者悲。濁酒千杯從酩酊，倦懷一寸費禁持。故鄉莽墮江湖外，
好句吟成欲寄誰。

客言聞蜕庵任公兩君居東窮甚賦此戲之（二首）

其一

放浪客中雙手赤，偎依枕畔一鬟親。温柔鄉與窮愁境，風味人間兩絶倫。

其二

此老胸中非一世，新來意興定何如。頗聞家亦但四壁，飢對文君時著書。

喜聞湯荷庵重至滬上却寄

當時别袂記分携，水自東流日自西。病翼短籬飛不起，殘雲小簟夢都迷。言愁各有茫茫嘆，即事真成脉脉啼。回首碧山秋月冷，醉襟零亂向誰題。

贈趙堯生侍御（三首）

其一

漢後論文筆，昌黎劇老蒼。斯人今不作，此道遂荒唐。閃爍摩天刃，邅迴治水航。相期千載下，遺緒紹茫茫。

其二

蜀道千山險，君詩五字奇。蒼茫開异境，幽窅出沈思。古迹窺神禹，流風溯拾遺。雲端半規月，猶自認蛾眉。

其三

憐君秉遺直，高節最嶙峋。未肯微軀惜，應多古義陳。萬人看諫疏，一鶚出風塵。愧我非韓子，猶思論諍臣。

答香宋并示眗叟（二首）

其一

趙侯相見無別語，祇問新來有無句。豈知心似欲枯蜩，畏向人間吐風露。

其二

曼陀居士亦可傷，一官驅迫復辭鄉。爲言地上塵土味，半雜胸中書傳香。

聽雨不寐

電掣雷轟雨又成，打窗敲户聽分明。蕭蕭瑟瑟將愁攪，冷冷清清使夢驚。庭樹乍飄三兩葉，砌蟲微和百千聲。人如病鶴鐙如豆，兀坐相看到五更。

以西域蒲桃酒送堯生侍御賸之以詩用山谷韵

西風力將殘暑除，鳥語隔簾勸讀書。想當閉門草疏罷，還向學海探驪珠。一壺助君味道腴，殷紅琥珀色不如。祇憐不共故人醉，謂眗谷。相思空寄鄱陽湖。

次韵酬張侍御

海山疑是仙人居，偶來遁迹與世疏。雲濤萬頃響虚籟，沙岸十里生寒蘆。閉門心光但照己，涉世憂患莫管渠。春花正開可沽酒，午睡初足宜讀書。三黜不去竊慚柳，寡過未能思學蘧。狂言欲吐苦呃逆，异論蜂起成齟齬。大道如禽真可獵，小舟近水時堪漁。王侯偶封夢蟻穴，風雨不蔽憐蝸廬。床頭怒聞龍劍吼，屋角静結蛛網虚。少年許國今老矣，吾道於世寧非歟。守株應笑空待兔，忘筌豈必緣得魚。買田陽羡僕商略，挂冠神武君踟躕。

贈楊昀谷四十韵

我來居京城，所要非勢利。冀於人海中，或覯一二士。吾友有瘦公，結交多君子。就之求其人，乃曰楊君是。楊君富道術，行己又有耻。吟詩窅然清，力踐宋賢軌。生平重氣類，顔色見古誼。患難急友朋，奔走不辭瘁。能使凉薄徒，聞之額有泚。吁嗟如斯人，古亦罕其比。交臂恐失之，走訪不及履。君亦逃空虚，聞吾足音喜。款款傾素襟，深深探元理。音諧鐘磬笙，氣郁蘭蕙芷。吾生所爲詩，秘不俗人視。傾囊出獻君，爛漫字盈紙。庶幾乞大道，爲我三洗髓。况蒙文宴席，旬日輒招致。酒波泛深杯，燭泪灑文几。窮搜一字工，險狀萬態詭。相賞在無言，告歸或忘晷。感君意良厚，顧我才可鄙。方今廟堂上，構厦缺楠梓。君身有矩矱，君學無涯涘。謂宜侍彤庭，史筆左右珥。不然冠獬豸，亦足奸魄褫。胡爲竟蹭蹬，二者不一試。乃令爲法官，日日親榜棰。雖能活萬人，無乃誤所使。日來乞急假，歸帆廬岳指。山雲白漫漫，江水清瀰瀰。從兹捨吏事，或可滌塵滓。嗟予亦何爲，江湖樂放弛。偶然嚼世味，到口輒欲敚。豈無排雲翼，九關虎豹峙。空將後世名，區區托文史。幸承縞紵贈，過不葑菲弃。出處苦難同，乖離自兹始。惟此宿昔契，没齒誓無貳。作詩面致君，差勝别後寄。

送楊昀谷改官四川①

人材嘆積薪，拙宦乏巧遇。可憐金門客，老走黄塵路。亦知詩與書，不是折腰具。終勝臣朔飢，索米長安住。况君平生學，通經達世務。苟得一二施，於世②亦云補。③東④南富山水，維蜀實首數。岷峨一廬阜，沱江⑤過秋浦。爲政如在家，高深入吟句。吾儕似風葉，京闕偶然聚。不知此别後，良會復何處。有暇頻寄書，莫任魚雁誤。⑥

【校記】

①該詩亦載國風報第一年第二七號，題作送楊公犖之官。

②『世』，國風報作『事』。

③句下，國風報有『斯民故猶魚，望望西江注。蜀郡廉叔度，豈獨擅前古』數句。

④『東』，國風報作『西』。按句意，當是。

⑤『沱江』，國風報作『江沱』。

⑥『吾儕』以下三句，國風報作『不見杜陵叟，心縈草堂樹。以此策君行，於計未云誤。祇愁浮雲散，每會知何處。會合良有時，顔色或非故。冥冥風日炎，莽莽江湖阻。預將別後語，一一爲君吐』。

贈李伯猷觀察

文儒武俠古難并，似子高才世所驚。一宦未成身老大，萬夫難敵氣縱横。錦囊璀璨幾錢古，終日摩挲雙眼明。誤落長安塵土裏，細思都是可憐生。

昀谷別未幾復自鄂來都將之粤東①

去來江海未②移時，踪迹無端合又離。鬢底浮塵吹冉冉，眼中之子老垂垂。平生憂患何人共，我輩飢寒四海知。空有一官能送老，齏鹽萬里費將持。

【校記】

①該詩亦載國風報第一年第三二號，題作昀谷太守自漢入都將之廣州賦呈一首。

②『未』，國風報作『不』。

同香宋昀谷鶴柴瘦庵游天寧寺①

出城不及半里遥，盡洗塵埃换眼界。壞塔無鈴兀不語，但有松風吟萬籟。夕陽巧照僧榻②明，茗碗竹壚坐相對。數枝霜菊③開向客，盈盎寒香久能耐。石④徑曲折通幽深⑤，尋碑不見空發慨。寺舊有董碑，今毁矣。沈沈瓦屋覆古佛，丈八金身吁半壞。試登平臺縱遐矚，炊烟漠漠寒城帶。林空地迥見高明，亂葉盡爲風所敗。幽寂如此誰肯到，算有吾徒三五輩。西山能會來游意，净拭明妝飛堞外。

【校記】

①該詩亦載國風報第一年第三〇號，題作同昀老鶴柴瘦庵游天寧寺。又載震旦第三期，題爲同人游天寧寺。

②「榻」，震旦作「塔」。

③「數枝霜菊」，國風報作「霜葉叢叢」，震旦作「霜蕊叢叢」。

④「石」，國風報、震旦皆作「山」。

⑤「幽深」，國風報、震旦皆作「深幽」。

中用人日題詩寄草堂爲韵分得寄字①

冰雪初消日光膩，竹間小②鳥銜春至。是日立春。冷官無事不③出門，稍稍車塵當路避。頗憐佳節誰與賞，幸有瘦庵酒能置。主賓恰成作者數，各寫高生人日字。杜子東西南北人，春至看花草堂寺。吾儕何處三畝宅，一窮身外無餘地。四印齋頭今夜集，瘦庵宅，即半塘四印齋也。諸公且忍傷春泪。海隅逐臣未放歸，元豐謗焰今尚熾。不知春事爲誰好，一樽且與天同醉。題詩并問羅浮花，故人儻有南枝寄。謂楊無竟太守。

【校記】

①該詩亦載國風報第二年第四號，題作人日蘇堪叔伊堯生山腴毅夫同集瘿庵用人日題詩寄草堂爲韵分得寄字。

②『小』，國風報作『嬌』。

③『不』，國風報作『懶』。

温毅夫侍御集同社慈仁寺看松

慈仁寺松格清古，參天拔地龍蛇怒。温侯愛松尤愛客，我亦愛松是唐樹。是日雪晴天氣新，列席并是賢俊人。自從開成至宣統，古心閲世占龍鱗。松邊軼事固多有，三百年來幾杯酒。王朱一去祁何興，荒龕載祀亭林叟。十載之前胡馬屯，化身大士劫火燔。寺有窑變觀音，庚子毁於兵火。過來萬景盡如夢，爾松鬚鬣猶翻翻。長安人愛花如海，誰識松間立吾輩。嗟我平生失路人，披圖感在雙松外。林畏廬爲寫圖。

花朝同人集花之寺賦呈瘿庵

長安二月春光早，西山媚客雙蛾掃。百花生日花未開，寺名剩愛花之好。南西門外草微青，向南是走楊村道。戰營塵起聶將軍，十年血染紅心草。當時此寺在劫外，南城題榜攀徐浩。鎖窗蟲網室幽幽，繞榻茶烟春裊裊。諸公莫訝陳死人，寺淹雙柩。人似風花豈長保。送老年光欺白髮，憂時清泪傾愁抱。何况傷春復傷别，新昌有田堪種稻。時新昌胡湫唐侍御將告歸。審知哀樂眼前多，不待花時應醉倒。瘿庵主人能愛客，自作長歌激穹昊。我詩待質海棠花，詩成莫遽灾梨棗。

越日太夷招集江亭

江亭如故人，二月春尚孩。青青草始萌，寂寂花未胎。四周明積水，殘雪還成堆。鄭公展清眺，一一延鄒枚。談詩集衆能，論比詩更佳。亭亭花神廟，欲化土一坏。謂當破千金，築室如瑶臺。當中列鏡屏，三面花竹栽。倒影攝西山，人卧山自來。此意雖偶然，托興實悠哉。祇恐多能身，自逸殊吾儕。國勢今更危，安邊正需才。窗間數竿竹，石上一痕苔。它年憶此亭，回首或生哀。且盡今日歡，笑語山容開。高城障落日，風引車聲回。黄墟幸不遠，解鞍傾百杯。

辛亥三月三日集南河泊修禊賦應山腴舍人

京城水所潴，南窪與南河。南河本葦灣，舊名今已訛。當乎六月時，萬柄摇風荷。渺然江湖思，扁舟挂緑蓑。我今三月來，柳外水始波。臨水開軒窗，漠漠風痕拖。禊集及兹辰，人物如永和。林君蓄歸思，日夜縈江沱。不知青羊宫，花事今如何。游情與别意，春色爲銷磨。西山空有情，挽客看黛蛾。天寧矗廢塔，高欲蒼穹摩。前度集江亭，詩卷束笋多。鄭公抱之來，座客遍吟哦。可惜趙御史，今日不來過。空留壁上句，諧謔生笑渦。斜日冷茶竈，暮鴉噪庭柯。後約訂殷勤，莫任春蹉跎。

三月初八日清明獨游南城東遂過夕照寺十五日冒鈍宦京卿以先德辟疆先生生日即寺作社阻雨不果往賦呈同社諸公并訂極樂寺之約[①]

長安春暮初，烟柳垂清明。郊行閲廢寺，嘉此夕照名。停車叩净扉，遂登屋角亭。水痕浮片白，草色蒙淺青。歸心逐飛鴻，遠目限層城。暖日蒸百卉，游蜂喧有聲。墻根老丁香，碧蕊合奇馨。預計花開時，來尋冒子盟。冒子有先德[②]，月望惟降生。左氏命之同，佛殿[③]張壽觥。杯酒有定分，爲歡不可盈。誰能測天心，轉眼殊陰晴。春寒欺敝裘，暗雨滯游情。僕夫怨泥塗，阻此十里程。羅癭獨[④]何勇，驅車先我[⑤]行。餘[⑥]我伏書案，戢影如病螢。馳想三數子，畏廬畫思精。踵歸有山腴，心繞蜀江清。如何温八叉[⑦]，亦思味南烹。鄭公豈樗散[⑧]，舉目燭八瀛。趙[⑨]胡[⑩]去嵩少，嵩少豈可耕。人言盗孔多，窮極爲亂萌。春花未全開，春愁已早嬰。嗟此眼中人，漸散如晨星。而我顧身世，亦若波上萍。所幸陳公賢[⑪]，議禮陪明廷。南豐最秀發[⑫]，風雅合再賡。五噫念梁鴻[⑬]，去國且勿輕。孟公好胸次[⑭]，醉倒同空瓶。數君幸少留，竭力春事撑。回思宴集始，時序忽屢更。人日艷積雪，及此聞鶬鶊。會合苦不常，近局宜早營。傳聞極樂寺，綴枝多紅英。幸及春未老，花間同醉醒。作詩告同社，嗟勿吝報瓊。

【校記】

① 該詩亦載國風報第二年第一一號，題有微异，作「三月八日清明游南城東遂過夕照寺十五日冒京卿鈍宧以辟疆先生生日即寺作社阻雨不果往賦呈同社并訂極樂寺之約」。

② 「有先德」，國風報作「家辟疆」。

③ 「殿」，國風報作「庭」。

④ 「獨」，國風報作「一」。

⑤ 「先我」，國風報作「獨先」。

⑥ 「餘」，國風報作「顧」。

⑦ 句下，國風報有小注「毅夫」。

⑧ 句下，國風報有小注「蘇庵」。

⑨ 句下，國風報有小注「堯生」。

⑩ 句下，國風報有小注「湫唐」。

⑪ 句下，國風報有小注「韜老」。

⑫ 句下，國風報有小注「直庵」。

⑬ 句下，國風報有小注「衆异」。

⑭ 句下，國風報有小注「叔伊」。

春晚極樂寺集同社看海棠

長安花事半僧舍，所嗟貴人身少暇。一春如夢不留人，再遲三日入初夏。海棠盛名極樂寺，晨興勸整諸公駕。可憐桃杏生滿地，意外狂風生昨夜。此花翻幸開稍遲，不然亦恐紅妝卸。來游閩中有耆舊，謂陳韜庵閣學。二十年前醉花下。當時巨植知幾許，蟲輩豪家不渠捨。豈徒人老花盡移，佛亦頭上無片瓦。門前楊柳拂流水，一幀青溪圖可假。坐中何客不思鄉，男正耕耘女桑柘。送行指日故人去，謂漱唐侍御。眼底溪橋是清灞。萬愁如積不知名，忍惜花間論酒價。歸哉試過農事場，傾國名花好臺榭。

陳韜庵閣學招游淨業湖

春雨漲湖渌，新痕上高柳。紅墻柳外寺，晴光照窗牖。白頭老閣學，携客湖濱走。遺亭失鰕菜，活水長菱藕。詩龕迹已荒，還問西涯叟。杏花白兩株，綽約長廊後。石上浣紗人，知是誰家婦。漁舟動天碧，分秧事南畝。渺然此鄉心，向晚宜杯酒。流連不覺暝，自午直至酉。

卷二上　弱庵詩

南海　潘之博　若海

揚州軍幕作（二首）

其一

金戈鐵馬入春聲，摩眼人間閱廢興。六合烟塵莽如此，廿年書劍漫無成。未妨跋扈桓宣武，堪笑疏狂阮步兵。欲賦蕪城寓哀感，鮑郎才筆故縱橫。

其二

西風百感到殘棋，處處江山畫角悲。白梃黃巾事紛擾，牙旗玉帳影迷離。自憐身世同羅隱，誰識風懷減牧之。付與詞人唱今古，舊堤殘柳綠垂垂。

廣陵雜詩（二首）

其一

平山堂上一尊酒，欲吊歐梅迹已陳。白水青山最情遠，可憐狼藉污兵塵。

其二

濃春烟景殘秋似，風雨消魂二月時。偶憶漁洋吟筆峭，倚闌重讀畫中詩。

游陶然亭同昀谷[1]

興亡草草亂[2]，銅駝荆棘夢中秋。尊酒朋儕眼前事，蘆葦蕭蕭隱鷺鷗。川原寂寂閑車馬，後還同物外[3]游，江亭依舊[4]景清[5]幽。何人管，留付西山著意[6]愁。

【校記】

① 該詩亦載庸言一九一三年第一卷第三號，又載演説報一九一三年第四三期，皆題作偕昀谷登江亭。
② 『亂』，庸言、演説報皆作『劫』。
③ 『同物外』，庸言、演説報皆作『爲惘惘』。
④ 『依舊』，庸言、演説報皆作『長夏』。
⑤ 『清』，庸言、演説報皆作『深』。
⑥ 『著意』，庸言、演説報皆作『一抹』。

春暮漫興

白頭陵谷經過遍，病花頹柳雨中春。甲帳珠簾天上夢，漂泊干戈信此身。蕭條詩酒過殘節，眼中人事幾番新。容易輕揚碧海塵，一度尋思一愴神。

鎮江寓樓

殘更坐數人無寐，驚寒樓閣不關秋。臨夜江山如墮霧，數點明鐙沙岸舟。兩行宿鳥驛亭柳，聽風聽雨慣淹留。佛塔亭亭古潤州，百感中來欲白頭。

焦山題句

海西庵畔石青蒼，幾樹枇杷著嫩黄。暫與游人解煩渴，不知身世屬繁霜。

登雨花臺

老樹遺臺何處尋，秋聲城郭亂寒砧。寥寥孤雁北來影，淼淼長江東去心。搔首古今興廢感，側身天地短長吟。殘山剩水誰爲主，叢菊初花暮雨深。

徐園看菊同蜕庵

名園秋色番番好，經亂還來忍泪看。不覺微吟傍闌檻，暫抛百感近杯盤。殘陽難艶凋疏節，倦客聊尋淡泊歡。擬折霜枝簪破帽，鬢毛蕭瑟怯微寒。

濟南[1]

天寒雪滿明湖水，日落人登歷下亭。太息年來名士盡，鵲山孤聳一拳青。

【校記】

① 該詩亦載庸言一九一三年第一卷第一六號。

青州道中①

岱宗送客去悠悠，淄水淩兢不肯流。欲覓當年舊從事，雪花如掌過青州。

【校記】

① 該詩亦載《庸言》一九一三年第一卷第一六號。

登兖州少陵臺

少陵千載題詩處，榛莽城南剩廢臺。搖落江山非昔日，蒼茫詩酒想雄才。傷心海岱浮雲亂，極目青徐晚色開。不及騷人有餘韵，魯靈光殿早蒿萊。

有憶（二首）

其一

地老天荒便若何，此生應悔賦情多。時因罷酒聞微嘆，誰解援琴和怨歌。漫借色空談徹悟，不辭心力與消磨。口脂眉翠皆恩澤，涓滴還應付愛河。

其二

憑闌一任回腸轉，苦恨流光不待人。羅薦入秋疏短夢，碧櫳過雨洗前塵。死生離別空成憶，苦惱寃煩自種因。長是香消鐙灺後，心光還照迹陳陳。

山海關[1]

地形盡處山連海，東走遼陽第一關。沙土黑埋城角直，雪霜黄[2]映月眉彎。孤鴻漸引雲山遠，瘦馬真愁道路艱。拂面塵埃閱還往，倚裝慚對戍旗閑[3]。

【校記】

① 該詩亦載於庸言一九一三年第一卷第六號，题作『宿山海關』。

② 『黄』，庸言作『寒』。

③ 『孤鴻』以下兩句，庸言作『經時笳鼓喧征戰，時有蒙警。前度風沙閱往還。今春曾過此。起攬征衣一長喟，客塵冉冉换年顔』。

瀋陽雜咏（四首）[1]

其一

作鎮桓公未易才，金城種柳老[2]尤哀。可憐國破家亡後，纔賦淵明歸去來。

其二

三邊猛將段然明，號令居然肅百城。肯爲徐公書紙尾，白頭開府可憐生。

其三

書生真欲勒燕然，建節乘軺歷[3]九邊。應笑宋家窮塞主，孤城落日閉寒烟。

其四

殘劫何人覆敗[4]棋，鄭公樗散鬢成絲。傷心東望葫蘆島，海水成田未有期。

【校記】

① 該組詩亦載庸言一九一三年第一卷第六號。『咏』，庸言作『感』。

② 『老』，庸言作『晚』。

③ 『歷』，庸言作『閱』。

④ 『敗』，庸言作『舊』。

癸丑除夕次東坡韵

頻年事遠游，足迹九州半。到今滯窮獨，閉門但興嘆。書史語多誣，未足供把玩。欲從舊酒人，早已四方散。塊然滄江上，厭與漁樵伴。孤身墮冥冥，如夜不肯旦。今夕此何夕，酒醒鐙照案。玉梅香勝雪，皸壁寒影亂。冰花泛茶甌，思供醉面盥。流年似箭激，一去不稍緩。且復戀須臾，憂來若魚貫。平生慕節俠，志意頗非懦。雖微國士知，敢忘學吞炭。自從燕市歸，暗黮守空館。天公憫窮人，幸賜一冬暖。未能念明日，笑齒且從粲。

甲寅元旦

舊是王正月，年華話死灰。大江留客住，故國待春回。門閉千家雨，車喧九陌雷。辛盤殊有意，相對暫顏開。

正月二日出游

著眼新歲逢，回首白日送。春風來有約，未至氣先動。林園供薄游，景物入微諷。落照歸途中，歷歷看飛鞚。

簡伯嚴先生

近聞陳伯玉，閉户意多閑。境歷興亡外，年衰俯仰間。夢中山色好，詩裏客心鰥。异地同栖托，經時失往還。

人日偕蜕庵澄意游徐園歸訪吷庵

出游得静侶，而又逢佳辰。二者可得并，能使戚抱欣。名園地閑寂，稍隔車馬塵。庭中紅白梅，高下几案陳。破萼吐微香，迎客先好春。斜陽在簾户，小鳥時窺人。何以侑清談，茗碗頻近脣。寒風督日暮，池水吹粼粼。欲雪不雪意，含蕴天四垠。東鄰有好友，回訪嘉意申。

立春日作

堆盤菜青青，鳴窗鳥呀呀。鳥鳴有何意，憐客歸無家。不如春有脚，行行自天涯。祥風與俱來，吹雨如塵沙。萬卉仰寵光，濡潤得萌芽。獨有憔悴士，寒色分朝鴉。步行罔所適，酒賤無能賒。何以遣兹辰，凍吟頻手叉。

蜕庵惠蚝

蚝雖蚌蛤儔，厥味與常异。洗治充庖厨，魚蟹席爲避。故鄉二三月，列市盤鱗次。典衣快老饞，不惜買論器。自從别井邑，此物遠難致。空思嚼屠門，未可求鮑肆。東風吹海腥，忽觸平生嗜。磊砢雜蚶淡，滿載罟艇至。麥君同客久，南烹切思味。呼買不論錢，調鼎幸分賜。豈惟供一飽，兼可助屢醉。衹恐同江瑶，多食發風氣。

蜕庵復惠都中蟠桃脯茯苓餅

纍纍瑶池實，冰齒如糖霜。薄薄紅菱樣，中含松根香。此物出都門，製巧地産良。羡君何由得，遠致憑雁行。推分遂及我，厚意未可嘗。璀粲陳几上，觸手生芬芳。小兒嬌且饞，奮迅徑取嘗。徐徐顧兒語，食德須勿忘。

十五夜同澄意蜕庵步月

無錢買鐙看，分光向姮娥。辛苦天上月，惟照窮人多。我友何與麥，窮與吾同科。境同心自同，月底相婆娑。此地稍僻左，寂無笙與歌。街塵凍不飛，無處尋鬧蛾。惟應冷淡人，照影向金波。泠泠光景中，微見雙鬢皤。窮雖我不畏，老至將如何。俯首莫置念，急歸尋酒嬴。

二十二日晨起偶書

夢中聞雨聲，曉起瓦猶濕。日光射窗牖，暖送春氣入。鵲巢營高枝，雨後費補葺。因思東田上，漸漸聚蓑笠。

南海先生以龍瓦見賜賦謝

何王廢殿瓦，圓徑可盈尺。中有蒼龍蟠，驤首神奕奕。四周繞雲氣，斑駁雜五色。森然鱗甲露，神幻費刻劃。先生得何處，價想兼金值。千里遠見遺，書語耐尋繹。上言潛勿用，暫蟠泥中迹。下言雷雨至，騰躍仡旦夕。捧書并捧瓦，循玩三嘆息。先生聖者徒，隱見龍比德。昔曾翔九天，萬類恣揮斥。失身落雲外，山海困逼仄。致令霖雨施，功用不究極。到今嘘噏氣，漭漭鬱川澤。賤子尤可憐，轍鮒久同厄。空學南陽卧，高名擬何益。誰人肯三顧，但比鳳雛翼。今來得此瓦，神物感靈特。觀其鬱怒勢，生死甘一擲。未同劍入水，且共梭挂壁。一朝雲相從，萬里飛霹靂。

惱春

人言春氣和，我憶秋氣爽。秋氣雖可悲，能使心意朗。春雲易作陰，春風慣浮蕩。薰桃與染柳，但供俗目賞。鳥鳴尤可憎，巧舌肆誣罔。何如砌下蟲，寒夜戛清響。

雨中喜彊邨老人至即事書懷

閉門春雨中，晝睡夢多惡。夢醒雨未止，門外聞剥啄。故人冒雨至，至自吴城脚。經時佇足音，今果跫然確。飢寒未暇詢，先籌朋賞樂。前街訪䱇麥，短李後街約。小樓雜闤闠，推户鐙照幕。移鐙坐相對，稍稍聞噪雀。誰言詩酒外，老興便無托。吾儕志日苦，生事甘揺落。心知薇蕨盡，跨步即溝壑。未死且勿憂，此歡宜間作。愧我囊無錢，未能具清酌。

積雨遣懷叠前韵

春寒雨更風，三日連作惡。飢鳥不得食，但向檐瓦啄。沽酒誰家婢，泥中走赤脚。何郎許招飲，書來語果確。收鐙節已過，兒童悶不樂。欲探銅坑梅，故人遠難約。前年當此時，初參廣陵幕。方同鴻鵠舉，豈暇顧燕雀。墓門劍忽挂，吾身去何托。悠悠驚歲月，兩見寒木落。道左猶棲皇，空羡舟藏壑。先人有遺壟，時方事東作。望望未能歸，沈憂付宵酌。

中夜起坐有懷再叠前韵

鷄鳴向中夜，自詡聲非惡。何如澤底雉，十步一俯啄。宵來雨稍霽，夢醒伸兩脚。鐙前見白髮，少壯去我確。當檐挂北斗，仰望忽不樂。沙邊有鷗鷺，不念平生約。抛弃江與湖，去共燕巢幕。山頭十丈雪，凍殺紇干雀。飢來不擇食，命向弋人托。昔嘗共苦語，怪我意落落。豈知幼輿胸，别自有丘壑。百王道方盡，三嗅鳥思作。此意向誰陳，簾下理殘酌。

雨後感興三叠前韵

積潦滯行輈，幸阻客來惡。隔窗琵琶響，丁丁枯木啄。舉頭望四壁，但有鐺折脚。堂前新來燕，營巢意甚確。蛙聲惜尚蟄，難誇坎井樂。春寒酸人骨，衣帶寬沈約。雖謝劉伶達，醉卧天爲幕。還羞盗太倉，蚩蚩逐鼠雀。賣漿與賣藥，都市迹可托。時呼雙髻鬟，伴斟銀鑿落。觀海力未能，姑擅水一壑。開窗見晴色，雲陰間復作。區區陰晴意，尚費天公酌。

寄懷唐天如京師四叠前韵

去年出餞君，歸作十日惡。恨無紅豆粒，留共鸜鵒啄。淒然向天涯，萬里遠行脚。長安居不易，此語信且確。憐君反西笑，載咏適彼樂。别來今改歲，知否脱窮約。峨峨九門内，朱甍蔽雲幕。紛紛鄰都客，高臺賦銅雀。男兒事功名，亦須擇所托。不見隆中人，抱膝任瓠落。一朝遇知己，倏爾魚縱壑。君才如阮籍，定有咏懷作。燕市多酒人，邂逅可共酌。

新晴書事五叠前韵

樹頭聞鳥聲，隱隱唤姑惡。屋角群鷄鬧，紛争小蟲啄。起望天四圍，劃然收雨脚。靈棋不用占，今日晴已確。出門看行人，浩浩市聲樂。春山睡方醒，眉痕認依約。濺濺橋下水，碧色映油幕。向暖迎日光，踴躍檐上雀。時景豈不好，我歡靡所托。可知窮苦士，春榮等秋落。客地异故鄉，故鄉富林壑。權當故鄉看，思歸引漫作。斜陽會人意，去照鄰家酌。

贈秦右衛提學

彊邨吾故人，君是彊邨友。識面始今日，聞名十年久。昔看持使節，炎州網潜虬。避亂隱滄江，身與漁樵偶。一昨我訪君，畣拜君踵後。清談接寒夜，但用茶當酒。袖中萬言書，憤將時俗糾。豈惟陳義高，文抗潘陸手。鐙前出示我，捧讀欲瘏口。貴人不讀書，荆璞豈識剖。以此貢當途，恐遭覆醬瓿。聞君日臨池，敗筆積高阜。小字如歐虞，大字若顔柳。世人得片紙，珍若古圭卣。期君贈百幅，落紙龍蛇走。君本狷者徒，骨節刮塵垢。區區文與藝，豈足盡君有。適君對吾説，故人多禄厚。頗用禄相招，君聽但摇首。奮言千載名，各各有不朽。吾曹即餓死，愈君踐台斗。君言殊可念，令我得所守。時衰士節貶，泰山變培塿。眼明忽相見，岳岳千丈陡。嵇康信鸞鶴，董龍何鷄狗。持此示彊邨，并可致病叟。謂病山方伯。

爲澄意題秋幢贊佛圖

三間老佛屋，倚樹下臨壑。中有嬋娟人，蒲團坐寂寞。歡娱亦多有，恩情豈無托。猛意斷世緣，閉目守佛脚。比聞窈窕質，已釋閣浮縛。人天有相思，無計寄鸞鶴。春風餘夢影，留挂舊簾箔。至今多情泪，時共花雨落。

次韵乙庵先生見贈

久隔牙琴響，泠然忽耳謀。感春心不近，得句氣多秋。天醉終當醒，人閑易著愁。南山射虎客，詎斷此生休。

寄胡愔仲編修金陵

古人重神交，識面不可必。風期苟相合，萬里若同室。君心我所知，我意君亦悉。如彼笙與鏞，應和律不失。更願爲雲龍，更願爲膠漆。四方長追逐，終古共凝壹。衹恐蓬巷姿，不稱金閨質。弱蔓附長松，安企干雲日。江水悠且長，石城兀而嵂。所思不可見，欲往牽以疾。空想君子容，終日咏僩瑟。何時生羽翼，飛去著君膝。

二月十三日雪

伏案方諷古，金石隱摐摐。忽驚萬瓊瑰，錯落灑破窗。維時春已仲，鳥語改舊腔。誰敷觸天公，怒將玉斗撞。飛屑如沙塵，高高散崆峣。又疑煮海民，晶顆堆千缸。六丁强攝取，撒向湖與江。坐令淡食者，失喜體頓厐。飛舞不須臾，勢漸望風降。仿佛元雲中，瑶姬持羽幢。冉冉迴素車，從以白鳳雙。去冬暖且暵，日曬土變矼。群驚氣候异，乃類炎海邦。蝗疫慮交釀，恐極言成哤。今兹獲寒潤，稍減衆心㥘。只憐百卉葩，摧殘成枯椿。非時遇凛冽，驚怪吠巷尨。掃砌不成堆，但流水淙淙。素娥怯冷暗，反來依明釭。高卧任塞門，歸夢托吴艭。

晚眺

夕陽原耐看，况在積陰餘。驟雪思前日，孤烟認廢墟。鴉偏排陣闊，人自倚闌如。暮色將空斂，愁深亦漫書。

奉和乙庵先生墮車傷脅會同社諸公慰問之作

東陽沈隱侯，博學工著書。年耆德又碩，理合迎安車。奈何乘鷄栖，傾仄向路隅。幾復遭天刑，支離同病夫。呻吟卧向壁，湯熨煩妻孥。貴豈待折臂，灾已近剥膚。闔門聽雨聲，壓驚酒頻沽。霽開痛亦定，起坐還據梧。昨我走相問，出見不用扶。語我所歷險，幸免非意圖。當其仆且僵，竊謂肝腦塗。性命得苟全，毁傷已區區。予謂先生者，至人久爲徒。早甘蓬累行，高危辭不居。故此偶顛墜，雖疾不它虞。豈同時之人，争冒轂丹朱。一跌族爲赤，何有身與軀。示我佳詩篇，淋漓墨新濡。云將報同社，走唁曾長鬚。比日春景妍，花鳥將人娱。公乎思出游，輪當裹以蒲。懲前求穩便，更或易笋輿。扶挽儻乏人，請録及賤愚。權充作門生，終日翼以趨。勉和珠玉章，不嫌瓦礫俱。

贈汪甘卿

食蘗心獨苦，餐薇腸不肥。不肥衆所覺，獨苦己乃知。天地回新陽，繁華與衆施。而獨有一士，與時違盛衰。百憂塞其肝，千愁壓其眉。問其何以然，亦非因己私。由來苦士節，非俗能測窺。吾聞古有鳥，受性堅不移。其名曰精衛，填海忘身微。海竟不可填，恨遂無窮期。試將冤魄招，定來與子依。此鳥性甚真，不似人類漓。當能對以臆，酬子鬱結思。又聞有杜鵑，吻血染高枝。道是古帝魂，百鳥皆尊推。昔者杜少陵，下拜曾莫疑。當今三月暮，空山鳴尤悲。子當具衣冠，稽首前致詞。盡將忠憤攄，休管衆睢睢。子家傍蘇臺，臺荒無鹿麋。亡墟不足吊，空使心慘凄。傳聞吴專諸，巷宅今尚遺。其鄰儻可買，請勿論財貲。回車更東出，古墓尋要離。寸寸土皆香，它日藏骨宜。生與壯士鄰，死同烈士埋。死生已有托，此外何施爲。惟當日閉門，飲酒讀我詩。我詩格甚卑，聊用解子頤。雖非枚七發，庶或梁五噫。愁來時一吟，當勝竹與絲。浩歌寫我心，永結子肝脾。

陳鶴柴約上巳日小飲市樓遂往海藏樓觀櫻花以雨易期詩紀其事

陳侯昨來言，明日上巳是。佳辰不易得，樂此宜有以。吾儕三數人，氣調幸相似。竊擬爲禊飲，聯袂醉向市。更窮一日賞，隨處看桃李。詩人鄭虔宅，花木多异詭。中有百本櫻，根自扶桑徙。開花粲若雲，五色亂文綺。扣門試覓觀，當不比凡卉。陳侯相約時，天日甚晴美。淅瀝夕忽聞，滴瓦曉未已。天似妒斯游，有意尼使止。坐令好時節，轉眼委流水。區區游賞事，隔宿便難恃。作詩托微慨，句腐不堪齒。

寄韓樹園

喪母昔南歸，與子一相遇。别來喪已免，去日忍回顧。聞子困家巷，逼仄尚如故。奈何衆足馳，子獨蹇高步。得無守孤潔，食耻争鷄騖。用舍故有時，且勿嘆遲暮。春風吹五羊，景物皆可賦。願子多飲酒，世事不足務。

花朝日雨中自遣

無酒酹花朝，將詩慰寂寥。白添今度髮，緑返故時條。芳意如人懶，游情向雨消。孤吟誰與和，兀坐膝頻摇。

張孟劬以所作史微見贈賦謝

出門思散愁，縱步雨輒窘。沈陰已可厭，况乃北風緊。連綿亘三日，悶甚孰可忍。排遣苦無方，仰卧念正軫。奇書忽外至，開帙縹墜粉。其名曰史微，實抉六籍隱。羅覼及諸子，百家相逮引。各各窮根源，一一通域畛。殺青今已再，文義芟駁踳。文成十餘萬，傳作來學準。吁嗟乎張君，求古一何敏。當與古爲徒，而乃庸淺近。金薤竟吾貽，寶玉不自韞。慚余久廢學，飽食但蠢蠢。識字等重瞳，豈足窺妙藴。置案略披玩，味已似良醖。儻能究其極，必可見元牝。從兹心有托，一任池生黽。只恐風雨殘，吾書讀未盡。

雨久不晴悶甚因作

壞雲壓屋如崩山，没泥車轂推班班。溝中蝦兒跳甚活，樹頭鳩婦呼忘還。破書正好用遮眼，薄酒未必能酡顔。何爲白晝變昏黑，天意欲我早閉關。

寄瓔庵①

幾輩謬稱天下士，經時不見眼中人。閑居潘岳方裁②賦，入幕郗超合作賓。局上棋殘甘袖手，江干③酒薄厭沾唇。無錢却得身多暇，騎馬看花日日新。

【校記】

① 該詩亦載庸言一九一四年第二卷第四號，題作久不通訊小詩代柬。
② 『裁』，庸言作『成』。
③ 『干』，庸言作『頭』。

春來數游徐園今日復與蛻庵偕游（二月廿五）

著屐頻來蹋緑苔，喜逢柳眼與桃腮。愈貧愈樂天無奈，更暖更晴花迸開。游女背風將鬢掠，流鶯倩客把詩裁。隔墻髯麥閑如我，鎮日相同鬥茗杯。

春寒書事

時當布陽和，冷乃違其常。袖手行且吟，忽覺十指僵。舉頭望天色，慘黑星無光。俄焉雨吹灑，風至勢更狂。戰栗暫臻體，入室更衣裳。檢視敗篋中，喜見裘存羊。賴未送酒家，不爾同蠶僵。憶昨出游園，徒行謝轡繮。吳綿著尚温，沾體汗如漿。天意好反覆，嚴威忽厲霜。無怪下民咨，號令實乖張。吾曹甘忍凍，滿野柘與桑。去冬已苦旱，麥隴無青秧。復作非時寒，生物多閟傷。願天務長養，藹藹回春陽。

晚春雜興（二首）

其一

春力老漸失，百花顏不鮮。衆緑於此時，思代紅紫妍。昨來一雨過，感被何相懸。花顏愈摧殘，緑意益蔚然。盛衰時既判，氣遂有所偏。百鳥會閉口，鳴待高枝蟬。凄凄雙黃蝶，空將落蕊憐。黃蝶爾勿悲，繁華有來年。

其二

青青墻根竹，弄影何參差。時節有改易，爾顏何盛衰。堪笑桃李花，但逞媚俗姿。開落不自由，一任東風吹。東風雖多情，亦有薄幸時。不見東園内，半畝紅英萎。何人復肯顧，黃雀空鳴悲。

海藏樓觀櫻花

花影聚深深，春從谷口尋。霞光渲日色，林艷射樓陰。煮茗延佳賞，憑闌送薄吟。無言頻繞樹，碧海此時心。

重觀櫻花呈海藏主人

再來猶未誤芳期，嗅蕊攀枝莫更遲。窺鏡愈驚紅拂艷，墜樓重替綠珠悲。有碧色一株，已開殘。風風雨雨西園夢，葉葉花花故國思。照海倚天無限意，尋常蜂蝶豈能知。

春盡日作

萬景隨春換，餘寒獨戀衣。鬧晴蛙閣閣，覓食鳥飛飛。睡味關門足，初心閱世非。墻頭蒿艾色，得雨正光輝。

散原先生自南昌掃墓歸出詩見示并招飲小有天

每年寒食節，芒屩向西山。故國春燕長，孤兒墓樹攀。往來江水闊，談笑酒杯閑。詩卷頻伸讀，斜光冷照顏。

蚊

鐙火初昏候，乘時各奮飛。聚雷喧睡枕，投隙冒書帷。昧昧施狂喙，冥冥動殺機。猶言山可負，不記汝身微。

豹

大好文章著，斑斕點澤施。昔年空隱霧，它日枉留皮。闌檻人方急，山林爾莫思。低頭誰與伍，非虎又非羆。

雷

芙蓉塘外路，隱隱雨來初。乍失尊前箸，疑過夢裏車。幽潛思發動，否閉望開除。如見神鞭舉，群驚一震餘。

雨

春雨殊秋雨，愁人聽不分。滴檐攙漏點，吹幕濕爐薰。燥髮汝難潤，荒田吾欲耘。豈無膚寸效，泰岳正蒸雲。

漫興

四十竟何如，光陰擲牝虛。詩窮孟東野，賦賣馬相如。病蓄三年艾，閑鋤半畝蔬。帝城雖不遠，久斷子公書。

早起

起常先鷄鳴，孳孳乃何爲。心知出地日，尚被高山蔽。星光漸濛濛，霧氣方泄泄。殘鐙幸未滅，守待曉窗霽。

學道

靜坐存黄庭，心與目俱瞑。返觀五臟形，了若掣明鏡。此道非元微，要在有恒性。但能精行之，積久必有應。不死豈所期，庶或老無病。

聽雨（二首）

其一

凉生枕簟意蕭然，正合虚堂自在眠。偏我今宵聽不寐，因難此雨得秋前。

其二

蕭灑空階陣陣聞，小窗坐對一鐙昏。若爲添得芭蕉樹，便作秋聲到十分。

晚步張園

衆所追凉地，還來繞樹行。池荷香乍斂，林月魄初生。鴉逐游人散，鐙依列肆明。暮歸沙路上，軋軋聽車聲。

偶眺

浮雲掃若空，飛鳥去無影。惟餘數點霞，絢作暮天景。

過夏盥人

畏熱經時愁出户，來過今却瞰微凉。大車載水正灑道，老葉垂陰思蔽廊。塞馬何須論得失，野鷗終是便滄浪。觀心觀道可自得，莫厭閉門炎景長。

夏日絶句（二首）

其一

高齋清坐四無塵，茗碗冰盤次第陳。如此安閑猶苦熱，道中不審有勞人。

其二

未果廬山六月游，時時合眼想龍湫。雲中如見冰泉瀉，坐覺清凉一念收。

偶感

身世雖然似轉蓬，尚能支拄向秋風。君看沙際鷗多少，一霎狂波捲盡空。

六月十二日雨後簡鶴柴

執蒸四體成懶惰，日日檐陰鋪簟卧。書策散弃不復親，閉目忍待三伏過。何期意外得此雨，猛把炎威立時挫。颯然几案有凉意，詩卷鐙前似可課。忽憶苦吟陳正字，此時得句屬誰和。經時畏熱不出户，階石全被苔色涴。幸喜秋來已有信，風前一葉吟欲墮。何當過我門談舌，薦酒正有林檎果。

六月二十一日生日作

每年當此日，墮地記呱呱。强復一觴進，休嗟雙鬢枯。君親隨世盡，牛馬任人呼。寂寂休相笑，今吾非故吾。

六月廿九日晨起鶴柴見過出示所作西征詩予亦以近作相質

晴光透户牖，盥漱剛已畢。君乘早凉來，披抉入我室。我室亦何有，散亂堆書帙。移床請君坐，詩卷袖中出。云昔西征時，途中覽風物。當時未及寫，胸膈但藏窟。今乃補述之，所歷追一一。伸讀韵何高，景又何切實。太華與崤函，到眼若仿佛。我於炎暑中，亦時弄吟筆。語拙不成章，未敢與君匹。忍慚一出示，聊用榷得失。喜君意守正，褒語不稍溢。吾曹落世網，事事與性拂。賴此悦古心，不逐世情汩。時節今漸凉，已可勝巾襪。繼此望勤勤，過我幸勿闊。清談亦足歡，豈必飣梨栗。何况秋色佳，方待詩眼抉。蕭蕭葉響中，尚有落殘月。

七夕

雙星耿耿照樓陰，瓜果鄰娃拜夜深。忽憶家中嬌小女，此時隨母學穿針。

咏蟬

終日鳴何意，應忘振翼疲。響低和露咽，調急助秋悲。風裏時時斷，枝頭處處移。我貧無樂旨，聽汝當彈絲。

簡彊邨

先生散疾來游此，能與吾儕語笑同。猶感過從非數數，即須歸去莫匆匆。客懷蕭索誰如我，秋色從容漸屬公。稍待西風凉胃膈，共呼一醉不辭窮。

贈王病山

新昌座上初相見，驅傳要章正赴官。一别我驚淹歲月，重逢世已改衣冠。入山被髮情何極，傍海移家計暫安。同作江南未歸客，且忘流落稍盤桓。

秋後作

素節尚餘三伏熱，窮居誰饋大官冰。稍便頭足拋巾襪，乍倦晨昏誤寢興。耳畔微聞新脱葉，眼中猶見可憎蠅。感時感物已無奈，安得著書如茂陵。

病山和韵見酬更次韵畣之

閉門終日逃虚似，耳目沈沈欲廢官。忽枉雨中新和句，狂吟鐙下屢鼓冠。秋心豈得辭摇落，風骨何須定建安。領取泠然弦外響，勝如清夜笛吹桓。

長句約病山散原鶴柴貞壯諸公九日小飲

江城風雨來如夢，冉冉黄花將影弄。一年佳節最重陽，登高自昔詩人重。當日龍山盛高會，桓公意氣方豪縱。可憐九錫未及邀，死骨已被塵泥壅。空餘坐客孟嘉賢，落帽風流至今誦。百年相望彭澤宰，公田有秫弃不種。正逢此日飲無酒，恰值白衣遠來送。頹然醉倒菊籬下，豈識天衢有龍鳳。佳時舊事略如此，望古遥遥空咏諷。我今還值世多難，節物催人尤倥傯。戰雲西海接東海，起陸龍蛇紛作哄。所憂雖大吾不任，吾身今未許世用。惟將文字寫胸臆，自結騷情通屈宋。更防好景過眼失，汲汲有若追飛鞚。未老逢辰宜作意，觸物雖傷還自控。海螯入手况堪持，野果堆盤剛可供。所恨眼前多俗物，懷抱幾人能我共。苟微數公足招邀，吾雖有酒飲不痛。此地雖無登眺處，入市尚可躡危棟。定知明日天宇晴，微陽已漏陰雲縫。相逢預約開笑口，莫學時人但憂恫。更馳逸興向遥天，冥冥正見群蜚狃。

重九日和游存先生

先生來避地，邂逅得重陽。舊國登臨見，浮生去住忘。栽花滿籬落，招客共壺觴。鄉味佳能爾，生魚膾似霜。是日留食魚膾。

李子申招同胡愔仲汪晦人麥蜕庵飲下關酒樓

雨後江光异故常，稍移尊俎對茫茫。彼姝綽約何多態，我輩摧頹不復狂。老厭鼓鼙喧倦耳，暫憑絲管蕩愁腸。莫輕視此須臾樂，人世憂端正未量。

甲寅除夕用東坡粲字韵示蜕庵

眼看百歲期，弃擲將及半。何爲於此夕，感戀獨興嘆。我生與大化，彼此相弄玩。泛然海萍似，本不念聚散。芒芒哀與樂，未死權作伴。每笑晨鷄愚，一心在戒旦。歲華轉瞬盡，且了一重案。來者猶棼如，何法理絲亂。有如熱醉面，尚費幾沃盥。繁聲送爆竹，勸進觴勿緩。世塗殊九曲，努力待穿貫。嗟余少踔厲，雖老未肯懦。安能撑枯腸，雜沓置冰炭。玉梅意何厚，伴我守孤館。開落不隨時，心自有冷暖。微吟坐相對，仿佛見此粲。

卷二下　弱庵詩

南海　潘之博　若海

以黎二樵詩集贈楊子勤太守

二樵所爲詩，戛戛獨振響。欲於天河外，別派引漭泱。『壯士挽天河，當自別派引』，集中句也。同時諸作者，才力孰與兩。因不起中原，遂作南荒長。篇章偶傳播，有識見輒賞。北江與蒲褐，尤所最推獎。終因生僻遠，又素耻標榜。所以身後名，未得大昭朗。雖有集刊行，流布亦不廣。昔思求厰肆，一部得或儻。豈知遍搜尋，終莫慰予想。江西陳吏部散原，談藝徹今曩。亦云未見此，僅但姓名仰。五百四峰堂，黎集名。大句空詄蕩。若傳若不傳，心血嘔多枉。不及巢經巢，珠玉四方晃。去冬偶行役，珠江打兩槳。意外得此篇，開卷氣颯爽。仄聞揚子雲，采録輶軒彷。敬以此一函，再拜座前上。雖其光怪氣，終不汩糞壤。幽渺與張皇，蓋亦後賢仗。請君試論定，吾言或非黨。

病起

看花已負早春期，感舊偏多隔世悲。觀自在身時隱几，惜芳菲意乍攀枝。孤雲天際依依見，暗雨林梢冉冉滋。病起沈吟如有悟，眷然吾意語將誰。

二月十日招同王病山朱彊邨陳散原陳鶴柴市飲

自入春來懷抱惡，今朝始得散愁襟。爛然眼底三春景，卓爾尊前四客心。誰醉誰醒休辨別，相濡相呴一招尋。持杯莫近樓頭倚，蔽日浮雲正作陰。

彊邨以所刻詞見貽因題其上

彊邨弃官後，久已澹世味。詞其最嗜爲，近亦稍屏置。不能但飽食，終日無一事。遂校古人詞，用當幽獨媚。書窗老矻矻，字句訂同异。刻成甲乙集，贈我寶篋笥。并於書之眉，妍妙題細字。曰某某人詞，一一排以次。想見高雅懷，以及珍重意。更可於其間，考彼身與世。我復題此詩，以爲來者示。乙卯之二月，弱庵病中記。

舟抵津沽是日寒食

舟中幾忘却，寒食是今朝。冷落孤村火，彎環兩岸潮。居人争上墓，過客乍停橈。遠憶平生友，殯宮誰酒澆。謂蜕庵也。

都下重晤韜庵師傅

朝士貞元幾人在，陳公白髮已全生。五年别去却復見，一老皤然無限情。過眼春明舊花事，關心長樂早鐘聲。乍同晤對足歡慰，旋亦不禁哀涕横。

江村

江村春事晚，花落滿牛衣。踏草成新徑，臨溪卧破扉。群蛙無理鬧，雙燕不時飛。水際多磐石，真堪作釣磯。

以唐人所寫金光明經王正法論品第二十贈悟仲綴以二絶

其一

北歸塵土尚沾衣，願息勞生暫掩扉。安得抱經長共處，六時花雨夢中飛。

其二

世間勝位甯長保，正法人王亦漫論。尚覺世尊好饒舌，不如君我兩忘言。

挽于晦若侍郎

海堧同避地，杯酒數流連。已换人間世，猶攀夢裏天。叠山方却聘，龔勝竟夭年。何限平生意，滔滔看逝川。

送胡瘦篁侍御返新昌（三首）君來江寧圖書館鈔書數月

其一

叠山賣卜建陽市，君亦鈔書建業城。幸未姓名當世識，麻衣草屨復歸耕。

其二

同社當年三御史，直聲争説趙胡温。眼中二子今何在，莽莽乾坤獨送君。辛亥結詩社於北京，君與趙堯生、温毅夫兩侍御皆入社。

其三

已愴青春辭麥子，蜕庵孝廉。又驚黄土化于公。適得晦若侍郎死耗。死生離别俱堪痛，濁酒臨分强一中。

移居（八首）

其一

眼中風物莽然秋，喜得移家物外幽。閑送人間炎暑過，胡床日日坐南樓。

其二

曉起觀雲意未厭，午窗還看雨風兼。晚來清月猶相習，不待招邀自入簾。

其三

高梧葉葉漸吹凉，故引先生睡味長。睡醒倚床還懶起，支頤看燼半爐香。

其四

乾坤草草老英雄，早暮光陰换杵鐘。怪底劉郎嗟髀肉，壯心銷盡閉門中。

其五

一昔人琴遂兩亡，十年空記住連墻。而今無復鄰堪卜，衹合關門向莽蒼。舊居福壽里，與麥蜕庵爲鄰。

其六

不堪耆舊日凋零，薤露歌成未忍聽。漸恐舊盟鷗鷺盡，水邊沙際望冥冥。

其七

萬里晴天忽復陰，野風四起動疏林。不知孤客緣何事，一聽秋聲感便深。

其八

寂寞何人肯見存，雖廬人境似荒村。多情最有彊邨叟，觸熱曾來一叩門。

簡鶴柴

喜得移家物外幽，胡床日日坐南樓。詩心如虎縛不住，夢境似雲閑欲流。且好放懷忘世事，更當摩眼賞新秋。茶甌風味尤佳俊，問子能來一共不。

咏史

自古文章足策勛，未須抱槧嘆卑貧。幾人袖有揚雲筆，正合逢時草美新。

即目

蔞蒿得雨變深青，魚蟹乘潮出廢汀。剩有閑鷗時悵望，水田三兩立零星。

辛園水檻夜坐呈游存先生

池邊宿鳥驚還定，竹外流螢濕更飛。露坐青天知有意，迨今霜露未沾衣。

七月十七日夜對月作

昨夜大雷風，欲飛屋瓦起。今宵月明好，影落破窗紙。雷風故無端，月明亦偶爾。我但一切觀，默默坐隱几。南樓寂無伴，夜色澹如水。時有壁蟲吟，斷續聲入耳。我欲發浩歌，和寡亦已矣。閉門聊獨寤，風露冷方始。

同人集飲鑒園賦呈劍泉觀察

吴公倦世事，閑把青溪釣。三畝手自鋤，闢堂如寂照。爐香對終日，默坐窺道要。有時夜乘月，高樓獨登眺。微吟向清景，淒共露蟲吊。肯爲吾輩主，尊酒得相詔。脱略忘町畦，宴宴極言笑。爲歡在淡泊，俗子不知妙。高柳散微凉，鳴蟬變凄調。恐孤眼前賞，舉盞不辭釂。

頭條巷訪散原先生

旅床醒午眠，窗日留半晴。出門思有詣，鍾山引目横。數錢傭敝車，驅傍林薄行。人家帶野色，幽巷如深坑。正字方閉門，屋瓦覆吟聲。客來豈不凡，翻累倒屣迎。引我坐書室，窗牖皆通明。階下牽牛花，裊裊正敷榮。風葉落不掃，鋪砌千點清。手挽秋色回，與客同賞評。出讀新詩篇，響作春雷轟。稍語及世事，心肺如煎烹。吾儕老未死，歡抱當自盈。何心問池蛙，閣閣爲誰鳴。夕陽晚正好，且暫同此情。

復同散原過鑒園

奔車追頽陽，及此紅未斂。閑園倏在目，柳風吹閃閃。扣門僕出應，謂主歸尚欠。登樓且小坐，共啜杯茗釅。隔水望鍾山，頽鬟暮雲墊。主人歸謝客，客坐久應厭。遂將談麈揮，不覺舌牙䑛。青溪沈暝色，深黑如防塹。得此須臾歡，已慰積久念。意盡各言返，主客一無歉。

與周孝懷張沛然汪晦園登清凉山頂訪翠微亭

荒山落寒翠，初日著淡色。茫茫意何窮，莽莽目始極。憑今如有恨，喟古漸無迹。杰構問南唐，數片拾瓦礫。

莫愁湖寫望

清涼如美人，莫愁如明鏡。終日對凝妝，掩映萬荷柄。

南京軍府西園廳事端尚書所構寶華庵也宿此感賦

尚書作此庵，數數會賓客。華山得殘石，漢隸精刻劃。寶之逾鐘球，因以署庵額。規模劇宏敞，構造仿歐式。窗櫺八面通，花木四周植。落成曾幾年，世事多變易。尚書魂不歸，血染蜀道碧。庵亦數閱主，王侯與盜賊。巋然至今在，幸不隨灰劫。石城仍虎踞，會逢賓館闢。三宿能無戀，萬里更遠適。感喟因成章，夜闌鐙照壁。

畣荷庵見示近狀

不教簿領敝精神，書史依然日與親。始信書生風味別，當官仍似最閑人。

又以詩索荷庵藏墨

羡君圭璧燦囊箱，不待隃麋給尚方。儻幸分餘能見及，定令廢硯欻生光。

中秋對月有懷因誦昌黎死者長渺茫生者困乖隔句不覺凄然遂作是詩

常年對中秋，澹焉輒相忘。雖鮮劇歡樂，亦未增感傷。今年對中秋，心意忽异常。舉杯不能飲，詫視明月光。月下見飛鴻，冉冉方孤翔。飛鴻去何之，雖遠亦有方。獨我平生人，生死同渺茫。欲見不可得，反疑月中藏。月豈知我情，慘淡斂秋香。疾雷將急雨，更洗臨睡妝。空庭冷如水，蟲聲相引長。人間有孤另，豈獨姮娥孀。是夜有雷雨。

蔣觀雲出示挽麥蜕庵詩因題其後

蜕庵不幸卒喪亡，凡與友者皆哀傷。蔣君夙與蜕庵厚，宜其悲感尤非常。作成挽詩出示我，讀罷不覺泪滿眶。因憶去歲冬欲暮，蜕庵與我登君堂。主賓圍坐一圓几，尤有周子孝懷列左方。感嘆時事互抵掌，議論漸縱漸激昂。蜕庵時時首爲頷，長髯微點秋後霜。似矜袖中有神術，思與世人針膏肓。豈知一病不自救，後會自此遂渺茫。詩中縷縷細述此，令人追念悲莫當。蜕庵今死復半載，尚戢一棺在空房。孀雌孤雛栖莫定，遠逐北風依雁行。憐君愴舊意甚懇，字字嗚咽抽酸腸。人間今日正何世，吾輩死所尚未詳。既痛逝者行自念，那禁哀泪滴酒觴。君詩可作大招讀，被髮仿佛下巫陽。愁雲慘慘陰結陣，悲風烈烈聲憾墻。我更爲君續楚些，凄音和入階前蛩。

舟抵廣州口占

萬里歸帆指五羊，葱葱鬱鬱近相望。漫從山海誇形勝，先向閭閻驗死亡。今夏大水，死亡甚多。風裏市聲吹浩蕩，雁邊兵氣入微茫。憑高但見郊多壘，可愛空憐此故鄉。

開州胡編修愔仲先世居順德之甘竹鄉其始祖忠烈公宋末殉崖門之節者也鄉臨西江下有灘乙卯九月行役過此賦寄胡君

舊聞甘竹灘，産魚味最美。晚秋舟過此，呼買得幾尾。烹食念故人，故人隔千里。故人雖遠隔，舊鄉近尺咫。井閭帶晴色，歷歷可辨指。緬彼忠烈公，大節著在史。故當後有人，百世下奮起。似聞里父老，屬望在之子。前徽共不沫，激激灘下水。臨睨因有懷，遂乃寄此紙。

梧州雜詩四首

其一

落日野荒荒，蒼梧在何許。一塔落船頭，青山剛斷處。

其二

終古鴛鴦水，雙流入故鄉。故鄉今夕夢，能否托鴛鴦。府河與大黄江水至梧州合流，色分深淺，故號曰『鴛鴦江』云。

其三

篷背萬珠跳，篷底一鐙澀。手弄十三弦，淒淒復切切。

其四

野鴛不作家，江上貪眠宿。生涯何所附，泛泛水中木。諸妓均結筏以居。

泊永淳秋風江

何意秋風江，著此秋風客。秋風偏有情，吹我孤舟泊。

題黄婆灘伏波神廟

危灘險盡處，崖石側半掌。有廟祀伏波，過客聳靈爽。倚維一遥拜，不覺心意廣。念此老將軍，平生多慨慷。值漢將再興，天下起誅莽。乘風矯壯翮，擇木振奇響。終識帝王真，功名得依仗。我今雖落拓，所志豈殊曩。風雲適未際，慘淡正凝想。當共天龍游，肯受井蛙罔。靈旗風獵獵，客槳波蕩蕩。懷古試陳詞，身世共俯仰。

南寧九日

往日原荒徼，今成大府雄。瘴江流莽莽，佳節對匆匆。萬里來何意，千山望不窮。空言說重九，未見一霜叢。

南寧軍幕偶成

矛戟森森一府强，暫來容我著疏狂。竹梢弄影參油幕，蘭蕊吹香落酒觴。院多玉蘭，花正開。眼底憑誰論管樂，舌端空復逞蘇張。

昨來道過文淵廟，曾賦新詩感慨長。

王文成公講學處

我來南寧住三日，閉置賓館耳目塞。今朝因有武鳴行，竹輿咿啞過城北。是何官署門巍峨，有石矗立字深刻。云是陽明講學處，驚視不覺將目拭。陽明昔來征思田，一鼓遂平藤峽賊。當時軍書正旁午，宜其不遑抵日昃。乃能從容與講論，弟子執卷儼在側。良知乃是暮年說，吾意即在此時得。征思田亦在暮年。爛然勛業不自有，意希太上惟立德。有明學案堆如山，我於姚江守最墨。每窺遺書得精理，不意舊迹復尋識。匆匆未及登堂觀，料有遺像圖嶷嶷。惜乎邦人不好古，日使重門鎖深黑。儻能洞闢聚儒流，亭池花木重緣飾。我知來者足觀感，遠追古範近作則。嗚呼吾意誰與陳，滿眼頽垣布叢棘。

從南寧赴武鳴

蒼山連百里，漸近漸嵯峨。道乍蠶叢闢，時新闢山作道。人憑竹轎馱。斜陽明粉堞，積水帶烟莎。荒縣今津要，看看過客多。

羚羊峽

昨過羚羊峽，灘聲夢裏聞。今來還暗夜，雲水莽難分。急潦寒初落，高崖氣不群。船燈乍明處，一白寫無垠。

別五羊口占

嶺外風聲原別异，秋來海氣愈荒凉。誰歟發奮爲雄者，欲別登舟更望鄉。

雪後登樓外樓

雪後奇情一覽收，闌干危處置茶甌。誰明去鳥悠悠意，忽動平林漠漠愁。爲客倍驚窮歲及，憑高始覺此身浮。莫言遣悶都無地，中座珠歌正轉喉。

江東

江東曾記用孫堅，地廣真堪舞袖旋。老子婆娑空似昔，將軍跋扈不如前。時危尚欲營三窟，事去應難值一錢。噲伍自甘復何説，看人争著祖生鞭。

不寐

愁極思深睡不成，窗間夜色弄盈盈。光殘曉月虚留影，氣壯荒鷄獨抗聲。空自披衣行繞室，共誰决策起推枰。風華銷盡中年味，剩此蒼茫意未平。

漫成呈愔仲（三首）

其一

藏刀原甚善，借著漫輕籌。縱爾山難買，還應海可浮。人生空自苦，吾道固無求。正好齋心坐，晴光丈室留。

其二

堆山餘宿業，排日換朱顔。未作收身計，先成袖手閑。婆娑聊自喜，瑣屑漫相關。挂壁大弨在，何時更一彎。

其三

白頭親破帽，青眼悦深杯。事豈痴兒了，人當老子哀。雪穿破窗紙，火冷小爐灰。自笑蹉跎意，平生詎此回。

和愔仲韵

甘爲八口餓，笑謝一官粗。山蕨乘寒采，庵茅待暇誅。且憐鏡裏白，休問冢中枯。著意親人者，微薰小竹爐。

丙辰元旦 丙辰

一欣酬百戚，此意屬兹辰。鬢插金花樣，杯斟玉色春。歲華成替换，世慮改疏親。不作飛騰計，相安最是貧。

立春日作

窮歲幸已逃，好春喜見及。堆盤青青菜，帶雨摘猶濕。玉梅巧作態，不管老眼澀。九陌簫鼓喧，似勸行樂急。豈無曩時興，老懶不再拾。婆娑室中影，向日但思戢。仍恐孤寂懷，卒被世難襲。不聽笳角聲，萬里正悲泣。

同日東病山方伯

相去區區未數里，相違每每輒移旬。不言而喻貧中况，所感應同眼底春。吾輩它時人始念，新詩刻意古爲鄰。三巴戰血方飛濺，歸計從知又不伸。

病山以元日試筆詩相示即次其韵

世早與身成陌路，人今知我是誰何。縱填東海寃仍結，得餓西山幸已多。應序椒盤新照眼，生塵羅襪舊凌波。心情同識昏昏甚，白日青天似夢過。

奉和游存先生元日感事書懷二首

其一

江上春風吹尚微，眼中故國望猶違。傍闌鶯燕知何意，起陸龍蛇已發機。老欲耕鋤三畝廢，舊同杯酒幾人非。謂蜕庵孝廉、晦若侍郎。愴然日暮悲途遠，不見魯陽戈一揮。

其二

萬里飄飄一草堂，雪消春暖轉新陽。玉梅得意數枝發，白髮多情千丈長。滄海將同枯泪涸，昆池還見劫灰揚。乾坤支拄須强力，起爲蒼生盡百觴。

題愔仲松柏圖

窮冬天地百卉死，松耶柏耶秀獨爾。李侯并寫作一圖，例以龍門合傳比。枝幹雖异心則俱，歲寒盟在豈敢渝。看渠終古堅相倚，有似西山兩餓夫。

春雨悶人漫爲長律十韵以自遣

終日衰衰雨覆檐，小樓悶坐對牙籤。乍開晴色旋還斂，纔減寒威忽又添。窮巷寂無人見過，破窗時有鳥來覘。蛛絲屋角飄何細，獸炭壚中爇正炎。梁甫吟成餘抱膝，鼎湖夢遠罷攀髯。陶情豈定憑絲竹，料理何妨及米鹽。殷浩祇憐書咄咄，魏其頗自喜沾沾。漸驚天地干戈滿，每惜江湖歲月淹。目極雲端稀過雁，心知霧裏隱明蟾。何時更睹天容霽，此課當須待鵲占。

漫成次愔公韵

敢説貧非病，應憐黠勝痴。泥塗甘自辱，軒輊任人爲。裘敝春寒覩，窗深午夢宜。忽思三峽上，壯士正揚旗。

又次韵一首畣愔公

客久人情熟，春歸物態柔。時開蔣詡徑，懶上仲宣樓。影欲含沙避，身希倦羽休。飄飄如有托，敢恨在它州。

晨起小雨復和前韵

鳥羽吹疑重，花枝弄忽柔。幾分添緑水，相望隔紅樓。坐惜曙光暗，心防宵月休。是日上元。濛濛迷望眼，何處認皇州。

忽若有觸復次前韵

雖然經挫折，肯慕舌爲柔。去汝三升豆，還吾百尺樓。乾坤看好在，江湖暫歸休。時復憑高望，茫茫禹九州。

上元夕賦

閉門看梅枝，枯坐面向壁。遠聞巷陌喧，始省是鐙夕。往年客京國，樂事此宵極。連車入酒肆，接袂坐歌席。狂游不知曉，醉夢挂雙闕。自從落江湖，傷亂髮變白。承平與年少，并作已陳迹。心腸盡改囊，時節空復昔。深感托微吟，屋角麗蒼壁。

十六夜對月書懷

閑門掩常虛，月入不待請。清輝如未減，悄弄昨宵影。我適感微恙，頗畏夜風冷。素幃雖下却，相照尚耿耿。半生混歌酒，百念欠持整。佳時一失落，所得但凄梗。孤光何多情，與我共幽屏。上床捉魂夢，浴向波萬頃。

晨起書事

群鴉曉噪聲，好夢遽離枕。寒風射窗罅，利欲肌骨鋟。饑腸忽攪動，憊甚若罹瘮。急思辦晨炊，未暇進卯飲。生薪倚破竈，婢爨妻助飪。兒曹憂米盡，俯首時窺廪。老夫方伏案，滿袖拖墨瀋。數紙書未完，腕訝柔桑荏。須臾進食罷，生意復凛凛。始知一飽力，可抵萬夫禀。人間有餓鄉，此路夷齊諗。我行雖未至，消息已略審。所希食一簞，敢望料三品。且便孝先腹，商略更午寢。

雨夜過愔仲

孰謂宵雨昏，相過竟有我。愛君窗户間，燦燦好鐙火。春寒尚爾横，病骨緼袍裹。收鐙節已過，開落任梅朵。宿應友人諾，走踐尚未果。畏向泥水行，人當笑我惰。君居幸鄰接，議論又多可。相對兩茶甌，笑口時間哆。吾儕學道晚，心地費防鎖。世波方靡靡，定力且把柂。莫門春物妍，到眼但婀娜。南山有松柏，勁節庶或頗。流雲塞天街，凍月暗自墮。嘵嘵君勿厭，吾言尚不瑣。

吴劍泉觀察以歲暮感懷詩見示因追和其韵（二首）

其一

邊笳臘鼓任喧喧，我自拈花謁世尊。漫憶五噫辭漢闕，且謀十日飲平原。莼鱸命駕知何意，桃李成蹊在不言。誰道昆明池水竭，遠波含勢欲浮坤。

其二

閉門八極付神游，人世紛紛一笑酬。誅者竊鈎侯竊國，陸居無屋水無舟。服奇慣綴蘭爲佩，天墜空煩杞代憂。已閲窮冬霜雪苦，春風休更白吾頭。

病山方伯開歲爲江漢之游歸出新詩相示賦此報之

感君開歲便行役，千里江流往復看。定對茫茫增浩嘆，問何苦苦犯嚴寒。歸來秀句傾囊底，仿佛神斤斫鼻端。顧此曲高誰敢和，散原弄筆似僚丸。

偶感

大局神州已可知，不須更説累棋危。未成楚客紉蘭佩，先逐周人賦黍離。都邑共喧誅反虜，家居誰使壞纖兒。紛然群士方争鹿，豈識江湖有網師。

卷三 弱庵詞

南海 潘之博 若海

齊天樂

寒夜與蜕庵、彊邨同賦

咽魂清漏聲聲碎，曲屏倚鐙人倦。雁水清啼，蟲宵怨語，濁酒清吟難遣。冰眉乍展。怪簾底無端，墮愁千片。獵獵西風，薄羅雙袖悄吹捲。銅盤暗傾灧蠟，鬢華偷映處，霜影零亂。楚雨多疑，荀香漸歇，誰省舊歡新怨。年時小院。認凝白闌干，泪痕猶泫。欲夢餘情，荒鷄啼又斷。

三姝媚

徐園賞菊，憶去年花時與蜕庵、曼孫、澄意飲宴於此。舊游忽忽，遂已隔秋，曼孫亦遠適异國，感賦此闋

閑庭幽夢悄。聽吟蛩凄凄，唤秋將老。病蝶闌前，記玉尊開傍，晚叢孤皎。游屐重來，空立盡、墻陰殘照。新月依然，凉墮東籬，半彎纖小。　待折露華簪帽。怕鏡裏霜絲，誤驚寒早。袖底籠香，自餐英人去，暗傷秋抱。怨入騷吟，算衹有、陶郎知道。欲寄天涯芳訊，西風雁渺。

疏影

十月十四夜，對月賦

庭空院寂。乍怨娥無語，飛墜簾隙。欲寄相思，一抹紅墻，望中隱隱遥隔。寶奩漸覺金波滿，想霧濕、雲鬟誰惜。悵舊游、夢阻瑶京，剩見紺塵飛羃。　知否畫樓高處，有人尚未睡，相對愁憶。一樣清輝，不減年時，比似盈盈妝額。莫教遮斷屏山影，怕環佩、歸來難覓。待夜深、流照花陰，悄認襪羅痕窄。

解連環

露華流夕。沁吴雲片片，盡成愁碧。幾蕩遍、如畫空江，奈一舸寒漪，載春無力。早月生時，有人在、高樓西北。恨雁翎冷落，遠道尺書，不寄胸臆。　年時故歡盡擲。剩鏡奩粉膩，凄惹思憶。漸一縷、沈水烟微，熏不暖閑床，被鴛雙翼。片霎行雲，向夢裏、依依尋覓。但縹緲、楚峰十二，翠屏遠隔。

燭影摇紅

袖薄寒欺，颸風數點殘梅怨。飄鐙無語隔花歸，六曲屏山掩。燭泪紅消寸寸，祓深愁、金尊奈淺。驚心應是，斷雁初聞，新蟾重見。　依黯零襟，客塵悄認年時染。無端箏柱鎮移心，觸恨弦聲顫。楚夢和雲漸遠。舊香寒、難温夜簟。羈魂敲落，冷雨疏窗，微聞裁翦。

長亭怨慢

晚秋重過辛園

又流盡池塘暗碧。瑟瑟菰蒲，戰秋無力。柳外沙邊，美人曾記共游歷。孤歡非昔。怕重覓、閑踪迹。一兩點殘鷗，似舊是、年時相識。　愁極。晚蟬寒欲噤，懶說西風消息。紅衣譜後，問誰護、鴛鴦雙翼。沿敗壁細剔苔痕，早漫滅、謝郎題筆。但淡淡林陰，暝入隔花簾隙。

六醜

元夕同彊邨和夢窗韵

乍明蟾妒燭，細漏轉、瓊籤輕掣。碧芳倦傾，襟痕猶未滅。驚换韶節。逐隊嬉游去，鬢蟬嬌影，傍鬧蛾飛揭。霜娥也趁香塵熱。依柳生輝，穿花散纈。沈沈玉繩低闕。剩珠鐙萬絡，照夢寒徹。　清游易歇。揚餘歡一髮。倚翠偎紅，處成慘别。春歸怕聽啼鴂。莫良宵更負，蹋歌塵襪。青鸞杳、玉簫聲絶。不堪把、舊日歡期，付與曉風殘月。銀屏冷，輕點梅雪。暗背裏、滴滴銅盤泪，紅冰暈結。

惜紅衣

收鐙後一日，大風雪。命屐游①點春園，陟山石②高處，四望凄然，頓觸遐感。和白石韵③

急雪傾風，昏鴉噪日。陡增寒力。冷倚枯筇，蒼崖破④苔碧。城頭夕⑤照，剛付與、登臨殘客。凄寂。花徑凍流，咽香紅無息。　銅駝巷陌。纔過收鐙，襪羅半塵藉。相思欲寄水國。雁初北。指點翠深紅窈，曾見玉梟飛歷。惹霎時吟悵，怨入⑥晚楓霜色。

【校記】

①「游」下，藝蘅館詞選有「城内」二字。
②「石」下，藝蘅館詞選有「最」一字。
③「和白石韵」，藝蘅館詞選作「因和白石韵以寫之」。
④「破」，藝蘅館詞選作「點」。
⑤「夕」，藝蘅館詞選作「落」。
⑥「入」，藝蘅館詞選作「落」。

前調

送荷庵游漢皋，叠前韵

恨雨零春，輕舟纜日。大江波力。望遠天低，山眉沁愁碧。乾坤逆旅，嗟去住、百年如客。羈寂。塵劍蠹書，傍樓頭將息。荒臺斷陌。吊古憑今，狂塵總凌藉。渚宫緑暗霸國。失江北。算有正平詞賦，千劫尚堪吟歷。料草香拾罷，還趁五湖帆色。

前調

彊邨卜宅吴門，賦詞見示，仍叠姜韵報之

老占一丘，醉拚千日。退閑心力。招得盟鷗，謂叔問舍人。雙雙點波碧。荒臺病鹿，應慣見、吹簫狂客。春寂。歸燕定巢，嗅香泥微息。青門紫陌。作賦題詩，聲名舊騰藉。鑒湖倦乞上國。渺天北。料是水雲牽夢，不放玉階重歷。待買鄰千萬，分取隔墻山色。

霜花腴

寄彊邨

喚回倦夢，認故巢天涯客燕堪憐。游鹿臺荒，騎鯨人去，吳趨一曲纏綿。舊情易牽。寫醉題、淒付吟箋。剩南橋、老屋荒凉，野鳥飛盡柳垂烟。　重檢水樓賦筆，幾零踪斷迹，拾向殘年。山屐尋秋，烟蓑披晚，醉來閑伴鷗眠。試調古弦。向月明、招下飛仙。更搜尋、畫扇青山，冷楓殘照邊。『畫扇青山吳苑路』，夢窗憶蘇州句也。

三臺令（四首）

其一

空憶。空憶。故國隔年春色。绿窗幽夢初殘。一抹微雲遠山。山遠。山遠。凝立小樓望斷。

其二

眉樣。眉樣。別後空勞想像。近來消息如何。南浦迢迢綠波。波綠。波綠。日日雙蛾愁蹙。

其三

楊柳。楊柳。曾折玉人纖手。春來重發新枝。更送何人別離。離別。離別。腸斷青青時節。

其四

梅雨。梅雨。暗織一庭愁緒。經時病酒厭厭。勉爲斜陽捲簾。簾捲。簾捲。知是誰家庭院。

澡蘭香

重午和夢窗韵

蘭湯浴罷，黍夢驚回，隱隱舊情暗覺。雲窗事往，午鏡妝迷，臂縷隔年重約。訝年光、偷換誰知，飄殘榴花半萼。欲寄相思，試折烟江青蒻。　稍喜槐風散暑，無奈鈎愁，又懸纖魄。紅箋倦寫，緑扇慵題，塵滿謝堂簾幕。念尊前、老盡流鶯，誰解殷勤勸酌。但淡淡、數點蒲香，惹愁蘭角。

浣溪沙

望裏頹瀾一鏡磨。頗思生計托魚蓑。湖山無奈夕陽多。　前閣微微聞暗雨，西池淡淡折枯荷。野鷗知否有風波。

月華清

戊申中秋

度竹螢疏，辭柯葉瘁，露庭一白如許。今夕相思，除是謝郎能賦。數佳期、流水參差，翻舊曲、羽裳凄苦。知否。自廣寒夢後，半空飛霧。　獨掩獸鐶小户。覷羅額深深，暗塵猶污。一片冰心，付與玉壺清貯。問素輝、占斷誰家，但凝想、畫樓高處。休訴。怕姮娥未減，年時愁緒。

霜葉飛

秋籟送寒，羈愁萬種，和夢窗韵

斷雲如緒。飄難定，層層更遮鄉樹。西風并力做秋陰，雁外微微雨。早冷入、疏林病羽。苔痕刻畫霜花古。幾盼極歸艎，舊國渺、蒼波遠恨，不傳魚素。　誰念客燕飄零，故巢换盡，謝堂幽感難賦。月明羅帳酒醒時，黯共餘香語。翦不斷、來愁萬縷。吹鐙尋夢鄉關去。料那人、相思倦，抱影凄凉，曲屏深處。

長亭怨慢

秋雨閉門，積愁成痗，譜白石自度曲

正風雨、鐙床人瘦。户掩青苔，悲秋時候。淡墨零箋，微吟昔昔寫難就。枕痕啼濕，問別夢、醒來否。冷落小闌干，憑不暖、薄羅雙袖。　凄奏。壁蟲聲斷續，早把離心催逗。杜郎老去，久疏了、艷歌芳酒。甚舊愁、棖觸無端，似重强、客懷消受。又可奈相思，難寄江南紅豆。

惜秋華

積雨連旬，新晴乍放，倚樓吟望，亂山四圍，滄波一綫，憮然不知身世之何托。時去重陽僅六日也。因和夢窗韵，寄海上諸游好

合沓蒼巒，擁孤樓，一角曲闌晴抱。雁背嫩晴，寒斂半天微照。霜華碎翦秋心，更倦夢、殘蟲啼擾。傷心，説重陽、又近花簪衰帽。　尊畔幾人老。嘆客塵换盡，鏡顔娟好。雁水冷、魚素斷，寄情難到。行雲稍隔遥峰，認兩眉、翠痕纖小。歸了。繞疏林、暮鴉多少。

秋霽

重九日，登須摩寺山，和梅溪韵

秋氣千崖，映葉葉鴉林，淺著霜色。蠹壁慵題，醉巾閑漉，陟幽倦支笻力。雁風乍息。暮雲冷結嵯峨碧。望故國。心折、海槎

孤泛未歸客。曾對舊節，幾度傳觴，那知今番，歌酒俱寂。夕陽明，鏡波半斂，蘆梢翻妒鬢華白。天外遠書空寄得。黯斷魂處，愁對㬋㬋黃花，冷鐙孤館，亂蟲荒驛。

渡江雲

雨中望海

遥岑收寸碧，沈沈雨外，數點去來帆。翠蓬誰共倚，海氣冥冥，帶泪漲秋衫。江山殘墨，潑雁空、一鏡低涵。空悵懷、年時孤夢，烟艇宿江南。　難芟。亂愁如草，對此茫茫，更增人百感。還又怕、魚書浪阻，遠恨難緘。飛雲吹濕青天影，削波中、浮玉巉巉。獨立久、客懷凄冷何堪。

轆轤金井

秋花一叢零落欲盡，潸然以歌

玉肌消瘦。乍疏簾捲處，夕陽紅盡。一角頹闌，倚秋魂不穩。惜秋較晚。早幾度、雨凄風緊。玉泣珠啼，斷腸泪滿，翠巾難揾。　釵頭舊留餘恨。憶玉蟬飛傍，半簪低鬢。曉鏡新妝，算如今休問。停香泊粉。知記取、天涯遠近。酒夢消餘，晚風片霎，又成吹隕。

燭影摇紅

雪釀春寒，愁添客夜，孤吟遣之

凝白闌干，冷風吹濕痕深淺。烘爐無力暖春香，一穗鐙花顫。鏡裏誰窺素面。鬥新妝、飛瓊眩幻。夜窗偎處，半硯生棱，微吟初倦。　客夢今宵，泥人重疊鴛衾戀。銀舟不肯洗嬌寒，却泛愁千片。幾點飛梅舊怨。颸屏陰、東風未見。簾紋晃户，燭影烘帷，巫雲凌亂。

滿路花

寒食和美成韵

簾鈎殢薄陰，闌粉融晴雪。千門鐙火冷、飛塵絶。風前稚柳，寸寸柔情折。客愁連海闊。那更愁邊，乍驚换了韶節。　新梢紅濕，昨夜啼鵑血。曲屏鐙影暗、春魂接。箏弦顫夢，到枕聲聲切。舊恨尋花説。祇怕花開，未殘人又輕别。

鶯啼序

春晚感懷，和夢窗韵

天涯剩留片夢，殢鶯簾燕户。醒來晚、一枕簫聲，隔花催促春暮。夕陽照、秋千院落，紅英數點剛辭樹。浣閑愁、争奈東風，亂吹香絮。　别館誰家，綉幕四面，濕冥濛艷霧。翠屏掩、遲日深深，相思寬盡腰素。訪陳迹、朱橋左側，舊情繫、垂楊千縷。鏡瀾空，鴛侣驚飛，轉憐幽鷺。　遥書誤雁，恨血啼鵑，黯异方倦旅。細點檢、别來踪迹，大半分付，遠水迢山，熱風寒雨。吴波濺泪，楚雲欺夢，長河千尺桃花浪，怨無人、爲唱公無渡。羈情浩蕩，隨風又墮東華，素衣暗緇塵土。　碧芳未竭，轉瞬流光，漸客衫换苧。算幾許、花前尊畔，頓老相如，怕聽清歌，懶看嬌舞。銀箋十幅，題殘狂墨，春心渺渺誰寄與，憶年華、虚自憑弦柱。移鐙偷照迴衾，瘦却行雲，夢中見否。

木蘭花（三首）

其一

隔窗隱隱調弦柱。難得佳人心意許。楚天雲雨幾番忙，祇有小姑還獨處。　飛花飛絮知無數。可惜韶光閑裏度。千叮萬囑向東風，留住西園春一縷。

其二

畫簾隔斷游絲影。寶鴨香微偎易冷。鞦韆院宇晝沈沈，落盡百花風始定。　緑陰一桁斜陽暝。小雨疏疏妝晚景。殘鶯强囀兩三聲，愁欲來時偏酒醒。

其三

危闌獨向春天倚。望裏關山難計里。樓頭過盡萬千鴻，不附蕭娘書一紙。　相思相念何時已。自撥餘香薰素被。香消被冷夢難成，不待鷄鳴先欲起。

卜算子

隔夢復迷踪，庭院深如許。數點簾前舊日苔，青向無人處。　輾轉看流光，斷續抽殘緒。恨殺東風太薄情，浪費流鶯語。

緑蓋舞風輕

初夏感懷，用弁陽老人韵

一縷蕙烟沈，倦夢初醒，微風度疏綺。新緑如雲，鶯雛渾欲老，翠檻慵倚。絮影萍踪，甚猶向、天涯縈繫。惜流年，静繞珍叢，偷弄花蕊。簾底。素魄纖纖，舊恨悵凌波，襪鏬塵洗。雨歇西池，背鴛鴦、暗覷[2]萬荷傾淚。半掬蘭情，奈隔斷、遥波難寄。碧雲頹，凉釀晚來天氣。

【校記】

①『覷』，藝蘅館詞選作『看』。

齊天樂[1]

西園一霎吹紅雨，餘情與花俱謝。燭暗蛾稀，幃虚鴛冷[2]，夢入羅衾無罅。桐梢月挂。蕩一點愁心，酒波狂瀉。絮亂香迷，那堪重憶舊游冶。　章臺人去已久，艷題零落盡，難覓鸞帕。吟鬢消青，歌紈損素，贏得蝶[3]驚鶯詫。春衫欲卸。黯袖底蘭薰，隔年閑惹。泪迸吴箋，老懷慵再寫。

【校記】

①藝蘅館詞選有題，作『春歸人老，夜盡酒闌，歌以寫之』。

②『幃虚鴛冷』，藝蘅館詞選作『帳虚蝶杳』。

③『蝶』，藝蘅館詞選作『燕』。

蝶戀花（四首）

其一

耽[1]閣閑愁知幾許。半餉春情，偏是留難住。百草千花勞細數。江南衹有相思樹。　夢裏家山無限路。除却天涯，更擬歸何處。空憶河橋三月暮。銀袍亂撲濛濛絮。

【校記】

①『耽』，藝蘅館詞選作『擔』。

其二

緑意紅情深復淺。自送春歸，長罷花前宴。獨上高樓時望遠。翠雲明滅千峰亂。　薄夢如雲留小簟。損肺香濃，消渴宜冰碗。折得藕絲看宛轉。無端却被風吹斷。

其三

玉骨乍驚冰簟冷。菱鏡朝來，瘦却娉婷影。低户雙星光炯炯。隔年嫩約心頭省。　翠葉消①涼雲萬頃。秋枕無憑，鴛夢頻頻醒。妾似浮萍郎斷梗。江湖何日風波定。

【校記】

①『消』，藝蘅館詞選作『吹』。

其四

綉户四垂珠絡索。數點梅香，帶雨成飄泊。静對獸爐烟漠漠。情懷不是新來惡。　腸斷霜天吹曉角。射枕風尖，那管鴛衾薄。夢裏行雲驚瘦削。半圍腰素纔堪約。

浣溪沙（二首）

其一

照眼涼花萬點肥。客懷何事到秋悲。獨行拈帶費沈思。年事漸同華髮變，江湖終與病軀宜。西風吹夢入蒓絲。

其二

蠟燭紅消寸寸心。孤單客枕薄寒侵。起聽天地滿商音。雲日高高鴻避弋，雨風黯黯鳥投林。一回悵望一沈吟。

八聲甘州

和柳屯田韻①

嘆飄零殘客向天涯，傷春劇傷秋。況袖羅怨薄，屏山愁隔，人閉重樓。坐閲狂香捲盡，沈恨也應休。不解江波意，百折還流。多事悲紅感翠②，惹吳襟泪點，急迸難收。問單衾幽夢，片③霎爲誰留。悵迷離、遥天雨絶，想渡頭、燭暗更移舟。青蕪外，漸行雲遠，空引閑愁④。

【校記】

①藝蘅館詞選題作『和柳屯田韻，同彊邨侍郎賦』。

②『悲紅感翠』，藝蘅館詞選作『感紅怨翠』。

③『片』，藝蘅館詞選作『霎』。

④『閑愁』，藝蘅館詞選作『回眸』。

大聖樂

落葉

病蝶飄黄，怨蟲螿碧，寒聲深閉。恨西風一夕飛揚，吹盡緑陰，换了斜陽人世。舊憶女床栖鸞遍，甚今日、殘蟬難覓庇。枝頭恨，被空際晚鴉，帶霜蹴起。　天寒酒醒翠被。聽簌簌、敲窗人不寐。倚哀弦待訴，飄零舊曲，忍教重理。溝水東西分流後，料題盡怨紅誰與寄。拚摇落，問故國，杜鵑知未。

江神子

海棠

紅霏碧靄亂新晴。膩脂凝。蝶蜂驚。乍捲重簾，千艷正傾城。玉暖錦温嬌易睡，移灩蠟，照銀屏。　粉痕愁沁玉壺冰。酒波清。泛微馨。薄暝寒生，籠袖翠紗輕。預恐東風明日惡，扶醉夢，繞闌行。

倦尋芳

閏花朝

艷晨緩午，韶序寬春，捎蝶簾捲。隔月紅情，閑倩柳絲牽轉。密意房櫳斜日逗，多情尊俎繁英薦。覷流年，乍鶯邊夢醒，柱弦偷换。　記宴賞、西園前度，籠襪塵輕，栖鬢香軟。步帳輕移，重認舊時嬌面。斟酌東風遲嫁杏，商量芳事長勞燕。驀驚回，正新烟，鳳城分遍。

掃花游

崇效寺看牡丹

夢回絳闕，驟霧滉瓊盂，艷葩粉吐。冷扃净户。半袈裟地拓，醞春無數。砌畔青鴛，静對紅朝翠暮。磬聲度。乍蜂引楚裳，臺殿深處。芳艷風慣妒。費萬絡珠纓，密遮低護。塔鈴自語。正千嬌睡渴，粉雲頽午。檻折沈香，付與鶯啼燕訴。舊題句惹塵香，幾番沾污。

綺羅香

曼陀詞社咏女兒香

細甲煎螺，濃瘢爇鷓，何處吹來花氣。小剔銀簪，曾費玉葱纖指。記貯從、黄竹箱中，乍薰向、碧鴛衾底。倩重簾、密護深留，阿嬌今夜返魂未。韓郎情味漸減，灰盡相思寸寸，空餘心字。入夢微馨，還較楚雲纖膩。誤千絲，蘭息吹帷，和一縷、粉痕沈水。傍文窗、斂袖頻添，那人風韵似。

買陂塘

春暮寄孟遠

貯征衫、舊寒一縷，東風間替吹斷。酒邊别有華年泪，揾入皺羅無算。愁乍遣。空寸寸、柔腸曲共迴闌轉。春韶欲晚。誰唤醒流鶯，綉簾近底，重認舊妝面。朱樓外，暗閣重陰片片。狂塵終日吹捲。夢中擬逐行雲去，奈隔翠深庭院。休更怨。且坐瞑、層檐堅待歸來燕。天涯近遠。試寄與相思，砑紅箋幅，和泪寫千遍。

水龍吟

碧桃

昨宵露浣仙姿，笑風晶靨盈盈淺。無言倚竹，含情當户，依稀人面。素幕鐙移，粉墻月上，唾痕千點。嘆九重但解，醉春艷色，誰相念、冰魂倩。　猶記移根上苑。燭晴空、千株開遍。瑶池夢杳，銀屏影隔，芳心凄斷。洗盡鉛華，崔郎重到，也應羞見。誤滄浪一棹，仙源轉處，絮迷雲亂。

祝英臺近

孝覺有西湖避暑之約，詞以堅之

鬢消青，衣涴素，客夢漲塵土。枕簟眠宵，先憚未來暑。商量一棹清波，杳然孤往，更不費、鷺延鷗佇。　傍堤路。碎拍千頃凉雲，虹腰卧幽阻。碧鑒新磨，無價水風度。相將擘竹分茶，携筒注酒，弄清影、萬荷深處。

雲仙引

楊昀谷屬題其大父永青先生蓉峰采藥圖

疊朵浮嵐，盤螺點黛，烟蘿碧暗重重。岩乳滴，徑苔封。瓊苗經春亂茁，霧濕新香雙袖籠。清曉無言，荷鋤小立，誰識仙翁。　人間吹遍塵紅。悔不早、相携尋赤松。野鶴孤還，觀棋客去，翠臼濤春。藤杖芒鞋，舊經行處，認取亭亭青玉峰。白雲回首，紫芝歌罷，悵望山中。

慶春宫

悼丁叔雅

短短愁年，沈沈修夜，未秋瘁葉辭柯。永逝徒傷，俊游長謝，泪彈酸雨滂沱。死生羈旅，恨應較、蘭成更多。黄壚回首，鄰笛流哀，殘日西矬。　平生秀骨嵯峨。沈憤幽憂，暗與消磨。止酒詩留，援琴響絶，音塵頓邈山河。鵬飛人去，剩嗚咽、荒原薤歌。羈魂歸未，凄唳南鴻，萬里雲羅。

高山流水

己酉中秋，和夢窗韵

寶輪細細碾金風。理冰弦、初倦柔葱。澄宇綴微雲，南飛不斷新鴻。寒流外、幾葉沈紅。團圓意，清憶延歡小檻，殢夢疏櫳。悄庭鴉碎蹋，滿地桂陰濃。　懷中。盈盈舊時影，誰寄與、翠水珠宫。孤夢冷瑶華，絳闕恨惹花茸。譜霓裳、舊曲徒工。凄凉事、空剩銅仙泪點，暗貯瓊鐘。亂秋懷一笛，何處夜吹慵。

醉蓬萊

用夢窗韵題葉南雪先生秋夢庵填詞圖

覷詞人老去，鬢雪盈簪，泪花斑袖。一寸秋懷，付雁孤蟲瘦。缺月鈎簾，廢檠攲壁，照緑苔如綉。露冷鸚籠，香濃鴛被，夢輕難透。　暗數江湖，廿年流落，篋衍重重，舊箋紅透。回首春明，滴斷魂清漏。燭短宵長，庭空葉滿，正倦吟時候。乍醒秋醒，牽愁烟縷，初消金獸。

探芳訊

同孝覺大灘尾看桃花

傍春岸。待溯流尋花，招鷗作伴。乍畫橈停處，圓波縠紋軟。粉香點點涵青鏡，小隊游魚咽。掬流霞、試泛深杯，故情輕遣。
依約舊妝面。憶照水盈盈，年時曾見。別後啼痕，羞重對、杜郎泫。斷紅不逐回潮去，但做愁千片。待明朝，試與題詩寄遠。

燭影搖紅

元夕雨，和夢窗韵

薄暝簾開，對杯斟酌愁深淺。一番絲雨濕珠鐙，飄夢閑庭院。南陌泥香漸暖。潤輕酥、襪塵浣遍。寶奩孤掩，恨入新妝，啼紅嬌濺。
何處鸞笙，聲聲暗度瑶階怨。阻空層闕半籠雲，收泪回眸看。袖底珠囊麝散。寫相思、行雲意遠。鈿車歸後，市霧街塵，依風狂捲。

醉落魄

和鸞巢韵

斜陽院落。殘紅滿地春情薄。幽歡半餉成耽閣。酒醒天涯，鶯語勸孤酌。
機中錦字相思托。春蠶不斷纏綿縛。舊愁未了新愁作。屋角游絲，辛苦晚風約。

燭影搖紅

淡碧闌干，曲痕界破濛濛白。烘爐無力暖春香，寒透疏簾隙。鏡裏誰窺素額。鬥新妝、飛瓊娩嫿。夜窗倚處，半硯生棱，吟箋閑擘。　鴛夢今宵，怯寒定被屏山隔。素篝斜倚酌流霞，愁闊銀舟窄。片片殘梅怨魄。付東風、輕抛淺擲。翦鐙不寐，待到明朝，更聽檐滴。

木蘭花慢[1]

與瘦篁[2]、晦人[3]晚登掃葉樓

倚危闌眺遠，水東注、日西沈。乍搔首江天，白頭髮短，渾不勝簪。傷心。六朝廢迹，指荒臺老樹有誰尋。國破山河空在，城春草木方深。　微吟。哀感付登臨。濁酒莫孤斟。況怨别燕歌，相逢楚老，愁本難禁。沾襟。忽然涕下，想新亭風景昔猶今。何止乾坤莽莽，更傷年歲駸駸。

【校記】

① 该词亦载學術世界第一卷第七期。

② 『瘦篁』下，學術世界有『侍御』二字。

③ 『晦人』下，學術世界有『參贊』二字。

前調[1]

連日與晦人泛舟秦淮

買莫愁艇子，時載向、石城游。幾烟水消磨，六朝艷冶，遺迹空留。風流。舊家散盡，剩秦淮依舊碧如油。花絮吹人似夢[2]，簾櫳入夜疑秋[3]。　羞羞。白髮半盈頭。猶自[4]賦登樓。算[5]廿四哀弦，十千美酒，未[6]足消憂。封侯[7]。事當信否[8]，漫幾回醉裏看吳鈎[9]。聒耳[10]横簫短笛，關情[11]皓齒青眸。

【校記】

①该词亦載學術世界第一卷第七期。
②『花絮吹人似夢』，學術世界作『好夢吹殘花絮』。
③『簾櫳入夜疑秋』，學術世界作『斜陽挂在蔓鈎』。
④『自』，學術世界作『尚』。
⑤『算』，學術世界作『莫』。
⑥『未』，學術世界作『稍』。
⑦『封侯』，學術世界作『浮漚』。
⑧『事當信否』，學術世界作『漫思身世』。
⑨『漫幾回醉裏看吴鈎』，學術世界作『好急邀蟾影入冰甌』。
⑩『聒耳』，學術世界作『柳外』。
⑪『關情』，學術世界作『花前』。

水調歌頭

鎮江，過徐將軍故里感賦

晚烟上墟里，斜日照林丘。平生涕泪餘幾，拚灑向西州。一自將軍去後，無復故時大樹，滿目但松楸。待挂墓門劍，季子雪盈頭。　想當年，披玉帳，預軍籌。揚州一夢，初覺星散萬貔貅。不見提師敬業，空剩渡江羅隱，書劍上漁舟。慷慨復誰共，沽酒聽村謳。

水龍吟

自戒壇至潭柘，雨，宿寺中，呈癭公

筍輿到寺黄昏，雷聲忽送千峰雨。闢門洗足，從僧借枕，對床閑語。自笑塵勞，天涯行遍，老歸何處。儻此中如可，茅庵留結，便容我、他年住。　祇恐山靈未許。訂新盟、鶴違猿忤。平生幽討，幾番曾負，躡雲雙屨。旅夢羈魂，今宵多費，佛香縈注。怕晨鐘驚覺，依然復去，蹋黄塵路。

霜葉飛

宿開平鎮署，和清真韵

接天衰草。荒山戍，夕烽光照林表。戰營群馬猛嘶風，動四城凄悄。漸獵獵、旌旗蕩曉。譙樓低挂凉星小。便是未聞鷄，也起舞、婆娑自喜，燭影回照。　因甚挾策携書，辭家萬里，遠游邊塞還到。白頭幕府厭趨迎，感杜陵懷抱。况戰伐乾坤未了。邊笳猶奏悲凉調。看夜徂、干戈裏，萬事低迷，恨添多少。

西河

乙卯八月，游頤和園作

深静地。宸游當日曾記。逶迤御宿比昆明，翠華慣莅。瑶池王母望依稀，仙山樓閣遥峙。　閬風夢，吹易墜。斜陽暗换人世。波漂菰米黑沈雲，半池剩水。牙檣錦纜總成塵，白鷗時復驚起。　偶來眺賞不自意。怯高寒、危檻愁倚。漠漠黍禾無際。感興亡、漫灑西風殘泪，如見銅駝荒荆裏。

齊天樂

別剛父

五噫歌罷梁鴻老，傷心怕經都市。社燕迷春，池灰蕩劫，飄忽人間何世。興亡自喟。幾回首風塵，側身天地。老脱朝衣，欲求三畝尚無計。　長安還作倦旅，雨窗重對話，如夢如寐。望裏江山，吟邊花鳥，一一俱沾殘泪。閑愁且置。好重續詩盟，莫孤芳事。可奈啼鵑，又催歸棹理。

水龍吟

潭柘寺白海棠

玉鴛群步璇階，天然麗色非人世。冰泉濯魄，絮雲裁影，黛嵐洗翠。獨占年華，別矜標格，蝶迴蜂避。乍風幡微動，無邊香雪，亂飄墜、齋盂裏。　俊賞蜀宫休記。舊繁華、夢隨流水。穠妝不御，芳時自背，孤崖悄倚。銀燭誰燒，日高睡困，杵鐘驚起。便那能無恨，借朝來雨，作盈盈泪。

前調

贈林畏廬

五年夢別春明，醒來驚换人間世。長川水逝，遥天雨斷，平生何幾。銅狄摩挲，相逢怕説，興亡閑事。念東方老去，頻遭客難，應厭索、長安米。　幾許詩情畫理。貯胸中、渺無涯涘。當年湖海，到今還有，未消豪氣。莫怪王郎，停杯中座，酒悲時起。看白頭如此，山猶未買，可憐歸計。

滿江紅

以絹乞子申寫松

媚俗丹青，但工寫、風花攲側。誰解作、拿雲老幹，凌霜高格。想見先生懷抱峻，時能放筆千尋直。儘教人、看到歲之寒，蒼然色。　龍蛇勢，飛疑出。風霜操，摧逾烈。祇不堪，澗底千年鬱鬱。生意何嘗資雨露，逸情但欲干雲日。好憑君、一一與傳神，淋漓墨。

水調歌頭

皖人王生精相術，許予晚遇甚隆，慨而賦此

客有過我者，古許負之流。詑余奇骨應法，食肉定無憂。何止班超萬里，更合太公八十，榮遇晚尤稠。願季幸自愛，它日語當售。　予聞言，忽大笑，謂君休。平生磊落，自許噲伍最吾羞。正復封侯關內，祇與市兒門卒，同誚爛羊頭。富貴是何物，吾自有千秋。

卷四　蜕庵詩

順德　麥孟華　孺博

辛丑歲暮雜感（五首録三）①

其一

黄金虚牝苦蹉跎，人海浮沈感逝波。并世頗憐才士少，傷心應比古人多。鵬摶暫息培風翼，駒隙②原無返日戈。休嘆盛年處房室，明朝晞髪向陽阿。

其二

紛紛幾輩自清流，竪子英雄貉一丘。壯志未忘陶侃甓，他鄉怕上仲宣樓。故應蹈海羞秦帝，似説中朝泣楚囚。滿目山河風景异，浮雲西北望神州。

其三

霜華壓瓦怯嚴寒，百草離披③歲向闌。萬里江關羈庾信，漫天風雪卧袁安。繞枝自笑南飛鵲，對鏡還悲獨舞鸞。最是少陵懷弟妹，故鄉鐙火夢團圞。

【校記】

①該組詩共五首，見於蜕庵集，此處所收爲後三首，餘見本書外集卷二。新民叢報一九〇二年第一三號收録情况亦如此。

②「隙」，新民叢報作「過」。

③「離披」，新民叢報作「披離」。

贈夏穗卿（二首録一）①

風雲千劫經過盡，執手相看各老蒼。未遽成翁已頭白，便多酌我不能狂。十年離合驚春夢，一角江山送夕陽。各抱相思無可說，明朝山岳兩茫茫。

【校記】

①該組詩共二首，見於蜕庵集，此處所收爲其一，餘見本書外集卷二。

秋夕漫成（二首）

其一

病來意氣不飛騰，坐看天河轉玉繩。新月娟娟媚幽獨，峭寒漸漸逼衣棱。逃虚心事宜耽僻，經世文章笑鏤冰。未覺夜深風露冷，玉樓更倚最高層。

其二

十年身世蒼茫事，起落無端到眼前。歷歷滄桑成小劫，沈沈哀樂便中年。雨餘夜色凉如洗，墻角秋花艷欲然。且自登臨且消遣，莫將青鬢换華顛。

送曼蓀弟英倫留學（三首録二）①

其一

麒麟墮地思千里，鬱鬱安能苦滯留。東海五年看日出，長風萬里更西游。千金漫笑屠龍技，百煉羞爲繞指柔。他日池塘春草夢，夢君應在海西頭。

其二

青鐙約略兒時味，忽忽飛光三十年。子爲始滿我過二，鳴當驚人飛衝天。肯爲牛後因餘熱，各有雄心猛著鞭。送汝乘風破浪去，迢迢三島海雲邊。

【校記】

①該組詩共三首，見於蜕庵集中，此處所收爲前二首，餘見本書外集卷二。

重九登龍華塔①

人生能幾軒眉笑，聊試登臨破旅愁。如此江山如此客，一分憔悴一分秋。明年此會知何地，斜日西風更倚樓。且插茱萸休攬鏡，秋霜漸漸欲盈頭。

【校記】

①蜕庵集有題，作『乙巳』。

加餐一首呈若海澄意①

書空咄咄緣何事，來日悠悠亦大難。要仗道心戰憂患，静觀世態自波瀾。百年到眼駒過隙，萬事隨緣水下灘。未作婦人醇酒計，閉門珍重學加餐。

【校記】

①該詩亦載於麥孟華詩詞稿及蜕庵集。『澄意』，麥孟華詩詞稿作『孳一』。『意』，蜕庵集作『一』。

送孝高入都（四首録一）①

旭日曈曈大道開，争看天馬絶塵來。似聞絳帳宜傳學，可有黄金爲築臺。捫虱且談天下事，紅羊休話劫餘灰。素衣不怕淄塵染，新向扶桑濯足回。

【校記】

①該組詩共四首，見於蜕庵集。又見於新民叢報一九〇三年第一三號，題爲送高山孝入都。此處所收爲第一首，餘見本書外集卷二。

贈高嘯桐太守（二首録一）①

雨打風吹餘子盡，孤懷鬱鬱向誰開。識君兄弟真佳士，太息風塵老此才。眼底衣冠紛涕笑，胸中秘怪鬱雲雷。掣鞲不少飛騰意，莫作商歌斫地哀。

【校記】

①該組詩共二首，其二見本書外集卷二，亦載於麥孟華詩詞稿。

雪夜獨歸懷曼蓀①二弟

年時并轡看花地，今日飄鐙獨夜歸。一昔忍寒還小立，幾回呵手不成圍。新詩夢裏池塘草，游子天涯薜荔衣。安得化爲黄鵠舉，凌風送子遠俱飛。

【校記】

①「蓀」，蜕庵集作「宣」。

歲暮寄懷曼蓀二弟英倫①

去年風雨聯床夜，高睨雄譚各②放顛。别後夢中見顔色，愁來夜起視山川。三人各瘦知誰健，四弟公立時客日本。四海論才覺汝賢。同有看雲心事在，强持倦抱入新年。

【校記】

①該詩亦載於麥孟華詩詞稿及蜕庵集。麥孟華詩詞稿題中無「二」字。「蓀」，蜕庵集作「宣」。梁啓超全集第九册存和作三首，題爲次韵孺博寄懷曼宣英倫之作即贈二君，其一爲「頗憐作客如王粲，悔不逃禪逐大顛。欲上寥天攬日月，暫回奇氣入山川。并時瑜亮誰相許，同氣坡由各自賢。聞道王昌仍有意，漫辭金綫壓年年」。其二爲「昨宵月到瑶宫冷，明日風愁斷渡顛。别館荒鷄偏妒夢，故鄉衰草欲平川。紅墻碧漢疑無路，竪子英雄定孰賢。悵悵臨流弄清影，休論今夕是何年」。其三爲「悵望紅樓常隔雨，起看華髮欲侵顛。騏驎渡海能千里，風雨當年共一川。有酒故應澆趙土，論詩時復薄唐賢。只憐南雁太寥落，容易秋風又一年」。

②「各」，蜕庵集作「欲」。

挾舅寄示除夕詩即用元韵奉懷①

憐君作計真痴絶，蹋壁微吟②到歲殘。萬事蒼茫③墮烟莽，一官俯仰得飢寒。摇摇日月催頭白，瑟瑟霜風入骨酸。且散千愁④近杯酒，細絲生菜上春盤。

【校記】

①該詩亦載於國風報第一年第一六號。『掞』，國風報作『瘻』。『元』，國風報作『其』。『懷』，國風報作『寄』。
②『微吟』，蜕庵集作『吟詩』。
③『蒼茫』，蜕庵集作『迷離』。
④『愁』，國風報作『憂』。

若海次韵寄懷曼蓀弟仍用前韵奉畣并寄曼蓀①

鴒原忽忽經年别，人海茫茫一笑難。念遠頗憐游汗漫，聞歌翻得泪汍瀾。幽蘭芳思縈②孤抱，甘竹潮聲夢釣灘。同有蒓鱸秋思在，未堪辟穀且加餐。

【校記】

①『蓀』，蜕庵集作『宣』。
②『縈』，蜕庵集作『懷』。

畣若海見懷之作（二首）①

其一

胸中百能不一試，朝來雙②鬢忽已霜。未肯低頭拾青紫，故知③此意不尋常。飽經④憂患風飄瓦，昨夢凄迷月滿梁。慚愧平生⑤

推許分，天涯吟望一沾裳。

其二

五陵年少紛裘馬，太息斯人苦滯留。每逐風塵矜爪觜，要將豪放壓窮愁。千金駿骨誰能識，絶世蛾眉衆所仇。安得脱韝一飛去，相從寥廓擊高秋。

【校記】

①國風報第一年第一六號載第一首，題作奉酬弱甫見懷之作。
②『雙』，國風報作『兩』。
③『故知』，國風報作『知君』。
④『飽經』，國風報作『平生』。
⑤『平生』，國風報作『故人』。

寄懷若海

與君生死論交地，同是欿崎可笑人。歌哭無端吾欲老，疏狂如子法宜貧。早知識字叢憂患，見説浮生有屈伸。不信光芒消縮盡，更揩倦眼向風塵。

若海以新詩見示凄怨甚矣賦此慰之（二首）①

其一

掩關獨夢太凄凄，鶗鴂無情盡日啼。慘緑年華憐畹晚，落紅溝水怨東西。似聞蒲葦紉磐石，可許天雲照井泥。别有錯刀投贈意，不須對舞羡鵾鷄。

其二

休論花房與蜜脾，雄蜂雌蝶總參差。東南初日供惆悵，西北高樓費夢思。遥妒却移筝上柱，愁吟枉得鏡中絲。柔桑百結羅敷怨，斷隔霜[2]屏苦未知。

【校記】

① 該詩亦載於麥孟華詩詞稿及蜕庵集。『凄』，麥孟華詩詞稿作『哀』。

② 『霜』，麥孟華詩詞稿、蜕庵集皆作『雲』。

去歲寄懷曼蓀之作任公見而賞之次韵寄曼蓀仍用元韵奉簡一首兼寄仲策美洲曼蓀英倫[1]

滄桑歷歷風吹水，日月摇摇雪上顛。四海風塵空涕泪，三洲魂夢隔山川。逐群爪觜猶能健，隨分齏鹽亦自賢。西向側身同悵望，鴒原萬里各經年。

【校記】

① 『歲』字下，蜕庵集有一『有』字。『蓀』，蜕庵集作『宣』。『元』，蜕庵集作『前』。

任公書來規慰至摯然區區之意似有未盡深知者賦此簡之（二首）[1]

其一

鬱鬱孤懷不可寬，天迴地動總無端。定知憂患是何物，坐閱飛沈餘[2]古歡。半局敗棋驚劫急，九州放眼覺才難。著書合是窮愁事，敢怨空山薜荔寒。

其二

吾曹所學期能信，風雨鷄鳴更幾人。儻有龍泉知此意，豈愁牛斗不能神。六州鑄錯嗟何及，十擲成鞬③氣未馴。哀樂中年陶寫盡，衹餘肝膽尚輪囷④。

【校記】

①該詩亦載於庸言第一卷第九號。梁啓超全集第九册存和作二首，題作次韵酬蜕庵見寄，其一爲『閱人成世更千變，際地蟠天感百端。學道久知齊得喪，多情誰遣有悲歡。欲從屈子酬天問，却讀韓非悟説難。料想黄昏倚修竹，袖羅脉脉度微寒。』其二爲『隱几可能吾喪我，陟隍方嘆國無人。相將濡沫愁師友，忽復哀吟動鬼神。蒼莽鷄聲發深省，騰拿龍性未全馴。不辭見卵求時夜，日日循墻視虱輪。』

②『餘』，蜕庵集、庸言皆作『剩』。

③『鞬』，蜕庵集、庸言皆作『犍』。

④『輪囷』，蜕庵集、庸言皆作『囷輪』。

秋感和任公（四首録三）①

其一

星河不動夜如年，獨夢孤颦劇自憐。别後清輝隨月减，書來細字比②蠶眠。宵宵殘蠟啼紅怨，裊裊凉蟾墮碧烟。入骨相思忘不得，雁行箏柱十三弦。

其二

髡柳鬖鬖傍玉闌，羅衣惻惻不勝寒。驚霜鸚鵡知遥夜，裁被鴛鴦夢墜歡。未怨弃捐紈扇早，祇[3]愁消瘦帶圍寬。挑鐙起織相思字，織就迴文獨自看。

其三

露重衣單不自知，危闌倚立更移時。未應青鳥無消息，可奈斑騅怨别離。金燼寂寥尋斷夢，玉瑺迢遞誤佳期。明朝擬涉秋江去，爲采芙蓉贈所思。

【校記】

①該組詩亦載於麥孟華詩詞稿及蜕庵集。但麥孟華詩詞稿尚有第四首，見本書外集卷二。

②『比』，麥孟華詩詞稿、蜕庵集皆作『似』。

③『祇』，麥孟華詩詞稿、蜕庵集皆作『止』。

開春四日雪後獨游張園①

笙歌四沸春聲裏，物外園林晚更幽。遲日亭臺明積雪，惜春懷抱强登樓。未應落落終難合，坐對茫茫始欲愁。立雪門前行迹斷，十年心折此淹留。

【校記】

①該詩亦載於國風報第一年第廿二號。

秋夜①

周遭蟲語裏，深坐一鐙殘②。疲影赴遥夕，孱③魂强④暫安。折綿霜氣厲，走瓦葉聲乾。物候苦相逼，量腰帶漸寬。

【校記】

①該詩亦載於國風報第一年第廿二號。

②「殘」，國風報作「闌」。

③「孱」，國風報作「劣」。

④「强」，國風報作「警」。

二月二日雪中泛棹西湖

經旬閉置同新婦，犯曉衝寒上畫橈。倦抱好山能自放，春寒禁柳不成條。蔚藍潑眼湖光净，老木酣風雪意驕。欲去臨流還顧影，百年能幾此花朝。

卷五　蜕庵詞

順德　麥孟華　孺博

念奴嬌[①]

余將東游，若海、澄意[②]以詞贈行，皆惘惘有離别之感。即倚原調[③]酬之，聊慰二君[④]，亦用自壯也

漂萍纔定，又匆匆，唱到陽關四疊。無限天涯摇落感，分付曉風殘月。羌笛愁吹，蘭舟催發，驛柳應難折。傷春憔悴，春來偏更傷别。記得。紫陌看花，旗亭賭酒，剛是芳菲節。便向河梁揮手去，腸斷一聲啼鴂。待整歸裝，重尋舊約，雙槳迎桃葉。與君痛飲，尊前起舞迴雪。

【校記】

①『念奴嬌』調，蜕庵集作『百字令』。
②『意』，蜕庵集作『一』。
③『調』，蜕庵集作『詞』。
④『君』，蜕庵集作『公』。

蘭陵王[①]

晚烟直。一抹平蕪瘦碧。南浦畔，雙槳畫船[②]，抵死催人渡江北。漫天飛絮白。腸斷江南倦客。章臺路，回首舊游，柳外華鐙照坊陌。俊游漸[③]非昔。悵露泣嬌花，月暗離席。一聲珍重安眠食。便玉勒人去，錦帆風駛，江雲迢遞過數驛。旅懷自淒

惻。追憶。試燈夕。記鏡底薰香，花下吹笛。春雲冉冉④愁無極。待夢裏重見，問伊消息。屋梁落月，怕不似，舊顔⑤色。

【校記】

①該詞又載於麥孟華詩詞稿、國粹學報第一五期及蜕庵集。
②『畫船』，麥孟華詩詞稿、國粹學報皆作『蘭橈』。『船』，蜕庵集作『橈』。
③『漸』，國粹學報作『暫』。
④『雲冉冉』，麥孟華詩詞稿、國粹學報皆作『心渺渺』。
⑤『顔』，蜕庵集作『時』。

蝶戀花（四首録三）①

其一

珠幌春星和夢數。夢不分明，便上斑騅去。芳草何曾遮得住。尊前便是天涯路。不怨玉容成間阻。只怕春深，容易花遲暮。送泪流波嗚咽語②。斷紅珍重相思句。

其二

庭院愔愔人悄悄。減了腰圍，添了閑煩惱。緑遍階苔人不到。厭厭春恨誰知道。起撥薰爐寒料峭。願作爐烟，出入君懷抱。鏡裏朱顔春易老。相思盼斷紅心草。

其三

小簟輕衾春夢薄。多謝東風，吹過紅樓角。樓上春寒垂綉幕。玉人曉起慵梳掠。夢去愁來情緒惡。便寄雙魚，心事應難托。紅到合歡花不落。歸期休負薔薇約。

【校記】

①該組詞共四首，見於蜕庵集。粤兩生集存三首，另一首「蓮子青青心最苦」見本書外集卷二。

②「送汨流波嗚咽語」，蜕庵集作「分付謝橋西去水」。

長亭怨慢

送李子申①歸國

儘消盡、酒邊愁緒，東海雲生，勸公無渡。不奈匆匆，神山風引片帆去。軟波南浦，漸緑到、來時路。汨眼對②滄波，有惜别、蠻花無語③。遲暮。待相從散髮，一葉扁舟容與。魚龍風惡，怕驚起、海邊鷗鷺。算剩有、倦羽飄零，向清淺、蓬萊小住。恁多事啼鵑，苦道不如歸去。

【校記】

①「李子申」下，蜕庵集有「觀察」二字。

②「汨眼對」，蜕庵集作「回首夢」。

③「無語」，蜕庵集作「濺汨」。

月下笛①

二月十四夜，泊烟臺，獨坐舵樓遠眺，寒江如練，皓月中天，水天一色，光景奇絶，倚此歌之，海濤若互答也②

萬③頃寒漪，摇空蕩碎，一輪明鏡。星垂野闊，萬籟沈沈入烟暝④。掠舟孤鶴驚飛起，驀點破、寒空月影。認微茫一點，風燈摇過，隔江漁艇。人定。沙洲静。漸拍拍潮生，宿鷗鷩⑤醒。露華輕泫，起來微覺衣冷。亂⑥山照影寒無睡⑦，待付與、羈⑧

人消領。試吹竹高歌，應有老蛟潛聽。

【校記】

①該詞又載於麥孟華詩詞稿、國粹學報第一五期及蜕庵集。國粹學報題爲「二月十四夜，泊舟烟臺」。

②「泊烟臺」，蜕庵集作「泊舟烟臺外」。「寒江如練，皓月中天」，麥孟華詩詞稿作「明月中天，寒江如練」。「倚」，麥孟華詩詞稿作「賦」。「若互答」，麥孟華詩詞稿作「若相互答」。

③「萬」，麥孟華詩詞稿、國粹學報皆作「千」。

④「暝」，國粹學報作「溟」。

⑤「驚」，國粹學報作「初」。

⑥「亂」，蜕庵集作「孤」，國粹學報作「湖」。

⑦「照影寒無睡」，國粹學報作「寒夜清無寐」。「亂山」句，麥孟華詩詞稿作「湖山寒夜清無寐」。

⑧「羈」，麥孟華詩詞稿、國粹學報、蜕庵集皆作「冷」。

金縷曲①

送魏鐵珊

此漢錚錚鐵。更生小、會騎飛馬，雄姿英絶。十丈軟塵②人海窄，匣裏劍光如雪。澆不冷、胸中熱血。滄海驚波蛟氣惡，是男兒、東望眸③應裂。長河影，耿不滅。　酣歌應擊銅壺缺。更那堪、誤伊芳草，數聲啼鴂。躍馬燕雲身手好，鐵笛一聲吹徹。况肝膽、照人如月。負盡狂名三十載，纔中年、莫漫悲華髮。盡杯酒，與君别。

【校記】

①蛻庵集题作「送魏鐵三　甲午」。

②「塵」，蛻庵集作「紅」。

③「眸」，蛻庵集作「眦」。

六醜

往歲客東京，櫻花盛①時，輒與孝高、曼孫②命屐游賞。今春重來③，芳事如昨④，無復昔游，感而賦此⑤

甚低鬟嚲露，夢影重、扶春無力。繞闌問花，花愁如暗泣。燕燕相識。試話年時事，墨江場⑥路，響踏青棠屐。香雲暖護鸞春窄。錦意羞裙，珠塵漲陌。天涯玉簫人隔。剩殘英三兩⑦，香在⑧簪幘。　漂萍踪迹。亂鄉愁似織。過眼韶光老，成黯憶。東風剗地狼藉。便匆匆暗换，玉魚⑨顔色。歡游倦、强停油壁。誰説與、春雨江南十里，杏花消息。啼鵑苦、似勸歸客，衹落紅，解訴相思恨，燕支暈濕。

【校記】

①「盛」字下，蛻庵集有「開」字。

②「孫」，蛻庵集作「宣」，國風報第一年第九號作「蓀」。

③「來」，蛻庵集作「游」；國風報亦作「游」，且下有「日本」二字。

④「如昨」，蛻庵集、國風報皆作「依然」。

⑤「無復昔游，感而賦此」，蛻庵集、國風報皆作「俊游非昔，徘徊花下，棖觸無端，賦此寫之」。

⑥「場」，國風報作「堤」。

⑦「三兩」，蛻庵集、國風報皆作「戀鬢」。

⑧「在」，蛻庵集、國風報皆作「惹」。

⑨「魚」，蛻庵集、國風報皆作「腴」。

解連環

送魏鐵珊之瀋陽①

十年重見。便黃塵席帽②，鬢絲搔短。問舊日、湖海元龍，甚酒興吟懷，老來都減。我亦飄零，笑一例、天涯蓬轉。休翦鐙再話③，銅駝消息，玉龍哀怨。回頭歲華荏苒。道攬芳紉佩，尋春未晚。怕夜來、無賴東風，偏攪絮吹花，春光零亂。休④更憑闌，對烟柳、斜陽腸斷。有高歌⑤、故人青眼⑥，樓頭倚遍。

【校記】

①蛻庵集題作「丙午，送魏鐵三之瀋陽」。國粹學報第一六期題作「不見鐵三垂十年，重相見於天津。執手相看，都非疇昔。鐵三即有瀋陽之行，倚此送之」。

②「便黃塵席帽」，國粹學報作「更貂裘敝盡」。

③「話」，國粹學報作「問」。

④「休」，國粹學報作「莫」。

⑤「高歌」，蛻庵集、國粹學報作「故人」。

⑥「故人青眼」，蛻庵集、國粹學報作「青眼高歌」。

三姝媚

去歲，徐園菊花盛開，與若海、秋枚、澄意①、孝高、舍弟曼孫②載酒花下，觴咏竟日。曼孫③遠客英倫，孝高亦南歸。花時重見，俊游非昔，徘徊籬下，惘然久之④

西園芳訊早。問墻陰⑤孤叢，秋痕多少。送酒人來，强孤歡消得，二分花惱。夢澀籬東，算秋意⑥、病蛩能道。瘦影扶霜，簾暝闌深，回鐙重照。記否玉驄曾到。有人淡如花，雙鬟釵裊。游屐重經，剩殘英簪鬢，冷香黏抱。百感情懷，但消得、半闌殘照。待折芳馨寄遠，別懷千繞。

【校記】

①『意』，蜕庵集作『一』。
②『孫』，蜕庵集作『宣』。
③『孫』，蜕庵集作『宣』。
④『惘然久之』下，蜕庵集有『若海先賦此解，余亦繼聲』。
⑤『陰』，蜕庵集作『角』。
⑥『算秋意』，蜕庵集作『秋意算』。

齊天樂①

寒夜同彊邨、若海作②

酣霜敗葉敲窗急，殊鄉又驚秋晚。素壁鐙昏，烘③壚焰薄，冷抱香温不暖。吳綿試換。悵經歲蠻薰，袖香餘戀。衣涑生棱，掩屏深坐怯孤館。江南憔悴倦旅，鄉心千萬叠，難寄歸雁。缺月鈎愁，凝④雲殢夢，更是酒慵歌懶。欹⑤鐙影倦。聽隔巷沈沈，鈿車雷轉。催喚荒鷄，朦朧窗曙淺。

【校記】

①『齊天樂』，蜕庵集作『臺城路』。按：二調屬同調异名。

②蜕庵集題作『寒夜和若海』。

③『烘』，蜕庵集作『蕙』。

④『凝』，蜕庵集作『膩』。

⑤『欹』，蜕庵集作『背』。

六醜

丁未除夕，索彊邨、若海同賦①

又凋年黄落，悵玉蕣、韶華②輕擲。晚陰釀寒，欺人年事急。鐙影摇壁。夢墮横塘路，蛤蜊菰葉，寄倦禽羈翼。瀾翻③萬態趨殘夕。更箭④沈沈，群喧向寂。尋常蹋歌生憶。况鬧蛾歡會，芳訊沈隔。白鷗相識。笑荒江倦客。兩⑤槳松花冷，歸未得。銅駝夢斷消息。倚危闌黯望，浮雲西北⑥。屠蘇薄、袚愁無力。酒醒後、明鏡明朝，怕换舊時顔色。林鴉散、倦馬嘶櫪⑦。獨⑧夜闌、倚⑨枕看槃燭，幢幢焰碧。

【校記】

①此題，蜕庵集作『除夕』。

②「韶華」，蜕庵集作「流光」。
③「瀾翻」，蜕庵集作「百年」。
④「更箭」，蜕庵集作「鐙火」。
⑤「兩」，蜕庵集作「雙」。
⑥「倚危闌黯望，浮雲西北」，蜕庵集作「恨浮雲暗蔽，高樓西北」。
⑦「倦馬嘶櫪」，蜕庵集作「馬嘶坊陌」。
⑧「獨」，蜕庵集作「向」。
⑨「倚」，蜕庵集作「移」。

解連環

酬任公，用夢窗留别石帚韵

旅懷千結。數征鴻過盡，暮雲無極。怪斷腸、芳草萋萋，却緑到天涯，釀成春色。儘有輕陰，未應恨、浮雲西北。止鸞釵密約，鳳屧舊塵，夢回淒憶。　年華逝波漸擲。嘆蓬山路阻，烏盼頭白。近夕陽、處處啼鵑，更剗地亂紅，暗簾愁碧。怨葉相思，待題付、西流潮汐。怕春波、載愁不去，恁生見得。

前調

早春雪意

四垂天窄。恨痴雲凍沍，晚烟愁碧。甚一霎、薄日嫣花，便釀就重陰，黯皴鉛墨。待忍清寒，爲吹起、玉龍哀笛。耐瓊妃倦舞，翠殢紅慳，憨戀妒雲，鬥春無力。　沈沈斷鴻信息。止昏鴉數羽，争樹啼急。憶舊時、桃①菜光陰，却誤了俊游，采香吟屐。

暗换却、二分春色。剩疏影、一枝照水，犯寒自坼。

【校記】

①『桃』，蜕庵集作『挑』。

蝶戀花（二首）

其一

爛錦年華驚過羽。一霎斜陽，一霎黄昏雨。蝶老蜂慵鶯不語。落花聲裏春歸去。　烟柳危闌腸斷處。一片平蕪，盡日吹香絮。漠漠縈簾香一縷。仗伊遮住愁來路。

其二

得雨芭蕉陰漸展。驕緑生時，遮斷閑庭院。止有苔痕遮不斷。幽階一夜青青遍。　籬角剩紅纔數點。薄眺孤吟，歡意垂垂淺。風外曲闌憑不暖。隔墻微咽瓊簫怨。

琵琶仙

如此江山，便看到、冉冉斜陽西去。憑檻極目天涯，傷春况羈旅①。春漸老、衆芳易歇，空剩得、漫天飛絮。十載緇塵，一簪華髮，容易遲暮。　待重約、俊侣尋芳，却搔首、花前幾延佇。難得美人一笑，便嫣然心許。風露冷、闌干倦倚，爲玉尊、重唱金縷。聽取中夜鷄聲，唤君起舞。

【校記】

①『况羈旅』，蜕庵集作『自憔悴』。

外集卷一　弱庵詩詞

南海　潘之博　若海

次韵夔公除夕書懷之作

冰雪峥嵘年欲盡，雨雲翻覆夢都殘。難馴龍性應如故，舊結鷗盟幸未寒。忤俗剛腸同鐵勁，哀時老泪似梅酸。紛紛漸覺群蜚盡，剩看霜空一鶻盤。

以上見國風報第一年第一五號

堯生侍御招飲未赴

未得相從文字飲，空憐閑過菊花時。最難暇日爲吾有，却負清杯不共持。木葉浩同寒雨下，客衣冷畏北風吹。回頭嘉會徒增憶，轉眼凄年漸足悲。

以上見國風報第二年第四號

寄魏鐵三（二首）

時君客奉天

其一

廿年不見各飄零，沉醉江湖忍獨醒。啼鴂光陰驚腕晚，藝蘭心抱惜芳馨。旗亭才盡雙鬟曲，佛壁魂銷一卷經。昔日風花今日夢，試憑燕子說零星。

其二

榆關東去遼陽道，鴨緑江聲吼似雷。見説才人工作奏，况逢舊雨得銜杯。鶯花二月傷春恨，松杏當年吊古哀。如此江山供坐嘯，可能消得郄生才。

以上見政藝通報第五卷第三期

題小雅樓詩集（二首）

其一

却兼風格與風神，劌腎雕肝亦苦辛。香草一篇哀郢客，烟花六代渡江人。凄迷玉宇瓊樓夢，惆悵金戈鐵馬身。集中感事諸作最工。

怪底騎鯨歸去早，蓬萊清淺幾揚塵。

其二

慧業文人事可憐，浮生容易玉成烟。縱教康樂能成佛，已是靈均莫問天。舊夢飄零餘錦瑟，遺音清越托朱弦。分明畫裏吟身認，集中有刻遺像。慘緑當時正少年。

以上見政藝通報第五卷第一〇期

雨後同蜕庵張園步月

入夜亭園暑氣微，虛廓人迹往來稀。挂林新月未全上，逐雨孤雲亦懶飛。對影中宵成獨晤，拂衣浮世竟何歸。孤生且戀江湖樂，與子行行歌采薇。

坐雨呈蜕公

一番驟雨得宵凉，燈火相看兀老蒼。寸技投時羞競奏，孤懷閱世有同傷。不存形迹魚忘水，未鈍機鋒錐處囊。要識逃虚心事苦，避人無語托徜徉。

無題

十二闌干腿①舊紅，畫簾不捲雨濛濛。試尋燕壘痕都换，纔過花時夢便空。人憶艷陽三二月，路迷雲水萬千重。如今春晚周郎老，懶向東皇覓好風。

以上見政藝通報第五卷第一一期

【校記】

①『腿』，疑爲『褪』。

次韵加餐一首

昔年曾作凌雲賦，今日空歌行路難。身似孤雲依落日，心如古井有微瀾。飄零世外成逋客，惶恐人間説險灘。見道杜陵消瘦甚，尺書誰解勸加餐。

不寐次前韵

飄蕭短髮驚衰早，酩酊愁心獨醒難。溽暑困人如小極，秋河入夜見明瀾。交朋寒餓多窮鳥，歲月奔流似急灘。如薺秋荼詎云苦，正堪供作腐儒餐。

以上見政藝通報第六卷第一九期

喜雨①

連宵②苦作雲霓望，一雨真如③珠玉難。秋意覺人潛入夜，篁紋回潤欲生瀾。宵凉夢落五湖棹，溜急檐懸百丈灘。未許秋霖催髮白，駐顔妙訣止加餐。

以上見商會公報第四年第六號

【校記】

①粤兩生集卷四『蜕庵詩』、蜕庵集皆載有該詩，題爲七月三夜喜雨三疊前韵，歸入麥孟華名下。商會公報第四年（一九〇八年）第六號刊亦載有此詩，但題爲喜雨，署名『若海』。由於前二者後出，且出於他人之手，故當歸入潘之博名下。今據之。

②『連宵』，粤兩生集作『經旬』，蜕庵集作『近旬』。

③『如』，粤兩生集作『同』。

入都訪堯生不遇

燕市停車訪故人，冷槐飄雨濕愁茵。青門瓜落霜前蔓，白社花殘夢裏春。預想干戈妨會面，却憐塵土未抽身。白頭憂國何人識，篋裏封章泪點新。

以上見庸言一九一三年第一卷第四號

海上遇無竟却寄

斜日開尊酌勸君，重因喪亂感斯文。閉門歲晚千憂集，彈指人間萬劫紛。滿地干戈還作客，白頭新舊半離群。何時得遂耕山願，手劚春湖十頃雲。

滬上逢賈郎贈以小詩因寄夔公（二首）

其一

冠玉亭亭絶代人，艷歌一曲落梁塵。天涯我是無家客，青眼相看汝最親。

其二

相逢花又發江南，細雨濛濛濕碧衫。屢向人前問消息，知音四海一夔庵。

以上見庸言一九一三年第一卷第九號

登兖州杜陵臺同芸谷

題句千年記少陵，南樓遺址尚嶒崚。草間斷碣無人拾，天畔危闌有客憑。泗水東流波澮澮，嶧山南望翠層層。秦碑魯殿都蕪没，搔首人間幾廢興。

以上見庸言一九一三年第一卷第一七號

立秋前一日過海藏樓

摇兀風烟萬竹蒼，飛騰心事一樓藏。黄粱夢後境全换，白鳥飛來機漸忘。横檻大江明遠目，報秋小雨送微凉。舊游重憶題詩地，寂寂銅駝草棘荒。

以上見庸言一九一三年第一卷第二一號

次韻乙庵和樊山方伯歲暮即事之作①

落日登臺一望鄉。臨水登山如我倦，翻雲覆雨讓人忙。無邊客夢殘風葉，欲了年光駐佛香。爵位上慚長樂老，湖山新闢半閑堂。遭回江海非吾土，

以上見庸言一九一四年第二卷第一、二號合刊

【校記】

①庸言同期刊有沈曾植和樊山方伯歲暮即事，詩曰：『如此江山日乍長，椒盤守歲阿戎忙。衣冠閶闔三生夢，瓶鉢禪關一炷香。天上星辰元歷歷，予八九歲時除夕，仰視三星，忽然泪下，至今此景不忘，此悲亦未減也。畫中人物自堂堂。東坡生日，懸像以拜。月明雲散須臾事，杖履相期建德鄉。』

登愚園小樓

客子如殘葉，空中不定飄。樓非出地迥，眼是望鄉遥。江水長東注，雲山但北朝。天風吹太力，鴟鷚亦扶搖。

以上見庸言一九一四年第二卷第三號

聲聲慢

爲令嫻女史題藝蘅館詞選

巧句穿珠，古囊集錦，人間風月千篇。點墨研朱，緑窗閑度華年。新聲別裁僞體，傍玉臺、搜遍金奩。寫萬本，料江河不廢，

都市争傳。　供我迴腸蕩氣，正珊瑚擊碎，百感無端。一瓣心香，幽閨多少纏綿。詞流古今百輩，望下風、應拜嬋娟。還按拍，喚雙鬟、歌向酒邊。

以上見梁令嫻藝蘅館詞選卷首，中華書局一九三六年版

浪淘沙

潯陽訪琵琶亭故址

岸柳老杈丫。幾點栖鴉。青山曲處酒旗斜。閑惹天涯行客泪，舊日琵琶。　張儉已無家。兩鬢霜華。憑高吊古一長嗟。怨魄騷魂招不得，飛盡春花。

浣溪沙

曉過小姑山

破曉扁舟過小姑。睡鬟春困未全蘇。臨流照影二分癯。　戰伐縱横餘往迹，乾坤牢落到今吾。山靈無語畣長吁。

賀新郎

贈子剛

悲憤應難已。問此時、絶裾温嶠，投身何地。莫道英雄無用武，尚有中原萬里。胡鬱鬱、今猶居此。駒隙光陰容易過，恐河清、不爲愁人俟。聞吾語，當奮起。　青衫搔首人間世。悵年來、興亡吊遍，殘山剩水。如此乾坤須整頓，應有异人間起。君與我、安知非是。漫説大言成事少，彼當年、劉季猶斯耳。旁觀論，一笑置。

解連環

丁未六月，東游扶桑，歸國有日，賦此留贈任公

唾壺敲缺。問楚蘭心事，有誰能説。正杜宇、啼遍春紅，又芳草天涯，一聲啼鴂。傷別傷秋，易過了、西風時節。祇食牛意氣，射虎情懷，不隨銷歇。　華鬢易驚小劫。墮滄桑影事，尊畔重疊。拚身世、付與扁舟，算隨地江湖，儘堪栖息。故國平居，恨最恨、早生華髮。卧滄江、魚龍寂寞，夜潮自咽。

以上見藝蘅館詞選丁卷

惜紅衣

彊邨先生以病不果爲鄧尉之游，疊姜韵寄之

短枕愁宵，深杯釃日。倦銷春力。破凍山眉，纖纖抹遥碧。探芳信阻，嗟病渴、梁園詞客。清寂。枝上翠禽，盼游筇聲息。　風岩露陌。吹粉飄香，將花替愁藉。逋仙在否舊國。隔江北。祇恐澹妝人渺，難問玉奴來歷。算甚時携手，千樹壓波一色。

以上見藝蘅館詞選戊卷

西平樂慢

題章太守銅官感舊圖

渚曲波荒，石尖雲冷，螺黛乍失餘青。折戟沙沈，斷峰烟滅，扁舟故地重經。嘆人事逐孤鴻去杳①，人對紅蘋欲老，悠悠逝水，依前不駐流萍。休怪山陽過客、一掬泪，但向畫圖傾。　大名垂宙，乾坤抖擻，百戰關河，一局中興。誰與念、當年悲痛，

往事凄凉，但有將軍剩客，幕府殘賓，俯仰人間萬感并。春老夢空，遼城鶴返，湘水鵑啼，喟昔憑今，別有深懷，千秋鬱鬱誰明。

以上見民權素第十七集

【校記】

①『人』字疑衍。按：欽定詞譜此句爲七字句，此處多一字，故云。

木蘭花慢

別後寄魏豹公天津

慢①相逢湖海，怪豪氣、減元龍。嘆尊酒天涯，聚原草草，別更匆匆。雕蟲。耻談小技，祇長歌當哭豁愁胸。不復貂裘夜走，時憂炊米晨空。孤蓬。飄轉任西風。身世苦相同。念少誤學書，老猶彈鋏，歸去無從。途窮。我今不慟，且閉門種菜托英雄。萬里俱傷久客，百年將近衰翁。

以上見夏敬觀忍古樓詞話，亦載於學術世界第一卷第七期

【校記】

①『慢』，學術世界作『漫』。

外集卷二　蜕庵詩詞

順德　麥孟華　孺博

庚子感事（五首録二）①

其一

噎噎②三年陰翳日，密雲不雨自西郊。聖軍未决薔薇戰，黨禍驚聞瓜蔓抄。天動殺機龍戰野，春殘阿閣鳳辭巢。美新文字傳人③誦，却有揚雄善解嘲。

其二

壓城雲黑未全消，觱篥悲鳴多寂寥。天子并雄稱日出，匈奴自古倚天驕。微聞黄禍鋤非種，且爲蒼生賦大招。弃却珠崖罷西域，茂陵風雨夜蕭蕭。

【校記】

①該組詩共五首，餘三首見本書卷四。新民叢報一九〇二年第一〇號亦載此二首，題爲感事（庚子舊作）。選報一九〇二年第二三期亦載此二首，題爲感事。

②『噎噎』，新民叢報作『噎噎』。『噎噎』指陰而有風，按句意，當是。

③『傳人』，新民叢報、選報皆作『人傳』，當是。

悼亡（四首）

其一

泪寒鰥枕月如冰，僵卧中宵被有稜。一樣孤眠卿較苦，酸風吹緑殯宫鐙。

其二

年來寒暖郎調護，此去泉臺倚阿誰。生死與君原并命，要將苦樂與儂知。

其三

相思一日一千回，新夢前歡更可哀。料得重泉應寂寞，芳魂夜夜望夫臺。

其四

緘愁一寸怨何如，重撿妝奩泪已珠。遺墨數行恨千叠，徐媛當日與夫書。

辛丑歲暮雜咏（五首録二）①

其一

猛憶西歐前世紀，民權勃崒鬱雲雷。風潮東簸群雄出，河岳中原兩界開。戎禍早聞江統論，漢廷空老賈生才。昆明池裏多餘燼，應有胡僧話劫灰。

其二

興亡與有匹夫責，温飽原非志士心。鷹未下鞲思一擊，駿雖市骨值千金。劇憐座上焦頭客，誰識隆中抱膝吟。三十功名應未老，黑頭不受二毛侵。

【校記】

①該組詩共五首，餘三首見本書卷四。《新民叢報》一九〇二年第一三號收録情況亦如此。

悜庵感式微之詩斷取其語爲詩八章哀感頑艷悱惻動人蜕庵讀而悲之輒亦繼作河上之歌不自知其幽抑也①

其一

式微式微胡不歸，十年塵土漬征衣。雄心未死桓郎老，摇落江潭柳十圍。

其二

式微式微胡不歸，觚棱雲氣夢依稀。止愁丁令歸來後，城郭人民有是非。

其三

式微式微胡不歸，河山風景未全非。蓬山青鳥無消息，春草江南鶯亂飛。

其四

式微式微胡不歸，青山一髮認依稀。中原萬里無消息，白草黄塵日易西。

其五

式微式微胡不歸，北山猿鶴故依依。萋萋緑遍江南草，春盡王孫苦未知。

其六

式微式微胡不歸，側身西望泪沾衣。涉江欲采夫容去，采得芳馨却贈誰。

其七

式微式微胡不歸，月明烏鵲自南飛。孤鴻更在沙洲外，揀盡寒枝未肯栖。

其八

式微式微胡不歸，天涯芳草自低迷。有人悵倚妝樓望，卜盡金錢減帶圍。

【校記】

①蜕庵集亦録惺庵原作，題爲黍離之辭哀板蕩之情苦繁霜之心憂詩以言志不可誣也惺庵讀式微之章憂從中來不可斷絶咏嘆紬繹至於無窮爰竊取其語而長嘆之哀歟苦歟憂歟其誰知之歟敢自比於風人之旨云爾。其詩分别爲：「式微式微胡不歸，景陽宫漏夢依稀。如何玉女窺窗笑，不見君王見子規。」「式微式微胡不歸，江南草長亂鶯飛。臨春結綺荒荆棘，爲問當年孔貴妃。」「式微式微胡不歸，投荒斷髮泪沾衣。故人勤勸加餐飯，加得餐時帶減圍。」「式微式微胡不歸，獨憐少婦理殘機。舊時凉月重相照，掩抑空閨泪暗垂。」「式微式微胡不歸，翩翩車乘故人稀。驚聞柴市多新鬼，月黑楓林哀草低。」「式微式微胡不歸，五陵裘馬自輕肥。雲中亦有閑鷄犬，夢冷波濤百丈飛。」「式微式微胡不歸，空持羅帶恨依依。玉龍哀怨無消息，零落鈿箏人未知。」「式微式微胡不歸，我東歸矣我心悲。江關摇落哀秋客，腸斷西園胡蝶飛。」

送孝高入都（四首録三）①

新民叢報一九〇三年第三六號亦載此。

其一

胡雛驕倚東門嘯，黯黯黄塵欲蔽天。羅馬解網憂祖國，士龍入洛正華年。横行鐵騎天無塹，泣到銅駝海已田。莫過市中屠狗肆，健兒多半已華顛。

其二

中原車馬正風塵，一著儒冠便誤身。世界群龍方見首，國門桀犬解驕人。金仙有泪悲辭漢，漁父無源説避秦。莫夢櫻雲更回首，洛陽桃李艷初春。

其三

橫覽燕雲十六州，處堂燕雀自啾啁。眼中所見皆餘子，才氣若[2]君第幾流。休作參軍蠻地語，應多嫠婦杞天憂。湖山聞道酣歌舞，漫向新亭泣楚囚。

【校記】

① 該組詩共四首，見於蛻庵集。又見於新民叢報一九〇三年第一三號，題爲送高山孝入都。另一首見本書卷四。

② 『若』，新民叢報作『如』。

水閣夜坐

閉門苦雨十日坐，夕光翕翕天試晴。濕雲陰重欲到地，凉月夜流微有聲。萬瓦白涵人氣潤，一燈青暈水痕明。不嫌秋思嫖姚甚，卧看天河到五更。

歲晚送從兄還家[1]

十年奔走躓埃塵，骨肉天涯剩子親。已是殘年催急景，更從客路送歸人。由來貧賤難爲别，此意悲酸那可陳。憔悴江南風雪路，宵來一夢故園春。

【校記】

① 該詩亦載於麥孟華詩詞稿。

無題（四首）

其一

鰥鰥羈緒不禁秋，珠箔飄燈獨自愁。可許文鸞憶孤鳳，幾曾烏鵲渡牽牛。蓬山消息三千里，花氣氳氤十二樓。羅襪芳塵無覓處，凌波休更話前游。

其二

西秋萬里夜迢迢，一縷秋魂不可招。涼氣三更沈玉露，芳心一寸捲紅蕉。應無鳳女彈瑶瑟，願作犀簪近翠翹。被冷香銷殘酒醒，更何方法遣今宵。

其三

薄薄紗厨透晚涼，昨宵夢到鬱金堂。砑羅膩拭紅酥手，綉被濃薰瑞腦香。底事鈿箏移玉柱，何曾銀漢隔紅墻。萬花如錦春如海，不信年華有斷腸。

其四

連環六六曲屏風，綉箔垂垂更幾重。濃鎖麝香金屈戍，低窺蟾影玉玲瓏。一春香信傳青鳥，昨夜燈花綻玉蟲。回首瑶臺惆悵甚，相思休問石榴紅。

秋心

秋心駘蕩苦難住，世味瞢騰漸覺非。時向風塵揩倦眼，料無緘札寄當歸。江湖夢斷初聞雁，燈火宵涼不上衣。應有桓郎遲暮感，江潭種柳欲成圍。

雨後獨步至張園夜坐①

虚廊②步屧到宵深，缺月微茫萬籟沈。惘惘女蘿山鬼語，迢迢芳草美人心。江湖歌哭成孤往，鐙火樓臺入窈吟。自有獨居深念事，未應怊悵惜輕陰。

【校記】

①政藝通報第五年第一一號亦載此詩，題爲夏夕感懷。

②『廊』，政藝通報作『廓』。

九日偕同人登龍華塔（二首）①

其一

市居無計避囂埃，木落天高眼一開。滚滚江流隨地盡，蒼蒼秋色拍天來。過江裙屐宜名士，摩眼風塵愧不才。剩有壯懷消未得，闗河迢遞角聲哀。

其二

履迹苔痕不可尋，百無聊賴一②登臨。十年湖海還今日，千里闗山付獨吟。俯看斜陽摇塔影，怕逢旅雁話鄉心。憑高莫更傷摇落，菊老萸香儻不任。

【校記】

①該組詩亦載於麥孟華詩詞稿。

②『一』，麥孟華詩詞稿作『更』。

贈夏穗卿（二首録一）①

笑予蓬轉紅塵裏，而子鳧浮黄綬間。一様蒼茫身世感，無端哀樂鬢毛斑。雄心各有千秋想，袖手真成出世閑。差喜尊前談笑健，黄花濁酒試開顔。

【校記】

①該組詩共二首，餘一首見本書卷四。

送曼宣二弟英倫留學（三首録一）①

那得儒冠便誤身，由來龍性本難馴。學成豈必如麟角，暫屈未須求蠖伸。頗信我材生有用，何曾臣壯不如人。爲君一誦東坡語，要使天驕識鳳麟。

【校記】

①該組詩共三首，前三首見本書卷四。

寄懷友人哈爾濱

愁邊詩酒相濡沫，酒廢詩蕪又一年。短褐蕭條千里外，壯心騰踏萬夫前。賜人鶉首天方醉，半額蛾眉世所妍。要有掣鯨身手在，不妨十擲輒成犍。

贈高嘯桐太守（二首録一）①

澒洞京塵舊往還，新亭涕泪話時艱。十年人海重相值，當日名流略已殘。喜見須眉照冰雪，每於談笑見心肝。感君青眼高歌意，啖餅虚名只汗顔。

以上見麥孟華詩詞稿

【校記】

①該組詩共二首，餘一首見本書卷四。亦載於麥孟華詩詞稿。

西湖偕雪舫

大好湖山供跌蕩，招要裙屐過西泠。摇空烟柳參差碧，過雨層巒綽約青。擬向白鷗分片席，暫携春色上孤亭。酒邊别有滄桑感，幾許疏鐘倚醉聽。

以上見蜕庵集上卷

秋感和任公（四首録一）①

自捲綃衣怯嫩凉，曲欄微月坐秋香。墻苔半死蟪蛄泣，園草雙栖蝴蝶黄。起攬秋心不盈掬，坐看凉露欲成霜。娉婷不嫁誰人惜，擬托良媒却自傷。

以上見麥孟華詩詞稿

【校記】

①該詩原爲組詩之一，餘三首已見本書卷四。

遣懷（二首）

其一

笑余十載九天涯，贏得青霜上鬢華。志事未應成畫虎，園林空自廪官蛙。鸞飄鳳泊文章賤，廣厦長裘願力差。已慣途窮無可哭，且揩泪眼去看花。

其二

髮漸蕭蕭帶漸寬，雜投冰炭劇無端。驚波已任横身過，世態惟當冷眼看。似我最宜飲醇酒，誤人畢竟是儒冠。翻雲覆雨何須問，止有鷗盟未許寒。

以上見政藝通報第五年第二號

寒雨枯坐憶曼弟①

閉門冷雨尖風裏，著我妻梅子鶴身。壓瓦霜寒清徹骨，擁爐肺渴欲生塵。孤吟尚有清燈伴②，久客驚看白髮新。遥憶③故園諸弟妹，團圞燈火話羈人。

以上見政藝通報第五年第二號

【校記】

①該詩亦見於麥孟華詩詞稿，但失題。

②『孤吟尚有清燈伴』，麥孟華詩詞稿作『微吟便有青山想』。

③『憶』，麥孟華詩詞稿作『想』。

贈韩无首

晏歲坐聞山鬼嘯，臨江东指海雲生。中年哀樂應消盡，肯近彈棋恨不平。

以上見梁啓超飲冰室詩話第七五則，爲該詩末尾四句

贈狄平子

忽忽離合到今日，漠漠平蕪下夕陽。如此頭顱雙白鬢，無端歌哭九迴腸。中年哀樂歸安石，海内知交感孝章。似説蘭華時未晏，且勸歲暮事容光。

以上見狄葆賢平等閣詩話卷一，平等閣詩話　平等閣筆記，鳳凰出版社二〇一五年版，第二九至三〇頁

蝶戀花（四首録一）①

蓮子青青心最苦。不分飄零，便作泥中絮。泪眼自看還自語。鏡中人共春憔悴。　萬種情懷何處訴。貯苦停辛，哽咽歌金縷。玉葬韶華東逝水。惜花莫待春遲暮。

【校記】

①蝶戀花凡四首，餘三首見本書卷五。

虞美人

人間天上空相憶。憶也知無益。釵盟鈿約太情痴。若待重來，除遇佛生時。　人間天上終相見。心自堅金鈿。藍田春老玉成

烟。補種情絲，且續再生緣。

金縷曲

煮夢燈如豆。正當時、月圓花好，虧卿撒手。底事撇人中道去，累我寒衾孤守。已拚却、沈腰孱僽。止恐夜臺卿不慣，怕容光、更比儂消瘦。愁不寐，聽長漏。　唾茸凝壁香凝袖。算五年、柔情膩夢，那堪回首。悔却香衾孤負慣，南北年年奔走。空贏得、今宵感舊。長簟竟床簾窣地，問薄情、知道凄涼否。相思苦，儘消受。

以上見蜕庵集下卷

聲聲慢

爲令嫻題藝蘅館詞選

瓣香薰艷，花露研朱，烏闌斜界生綃。嚼徵含商，冰弦瑟瑟重調。花間試翻舊譜，付小鬟、低按瓊簫。花蟲語，有騷魂一片，香外重招。　覆瓿文章何用，嘆紅牙鐵板，一例無聊。底事干卿，玉臺艷集春苕。詞客平有靈識我，笑淋浪、袖墨難消。金荃響，算人間、猶未寂寥。

以上見藝蘅館詞選卷首

附録一 潘麥論詞資料

潘麥論詞資料主要見於梁令嫻藝蘅館詞選，今據之録於下：

◎乙卷：評張舜民賣花聲（木葉下君山）

麥丈云：『聲可裂石。』

◎丙卷：評韓元吉好事近・汴京賜宴

麥丈云：『賦體如此，高於比興。』

◎丙卷：評陸游鵲橋仙・夜聞杜鵑

麥丈云：『當有所刺。』

◎丙卷：評崔與之水調歌頭・帥蜀作

麥丈云：『菊坡雖不以詞名，然此詞豪邁，何減稼軒。』

◎丙卷：評盧祖皋謁金門（風不定）

麥丈云：『静境妙觀。』

◎丙卷：評姜夔念奴嬌・吳興荷花

麥丈云：『俊語。』

◎丙卷：評姜夔長亭怨慢（漸吹盡枝頭香絮）

麥丈云：『渾灝流轉，奪胎稼軒。』

◎丙卷：評姜夔八歸・湖中送胡德華

麥丈云：『全首一氣到底，刀揮不斷。』

◎丙卷：評史達祖雙雙燕（過春社了）

麥丈云：『諷詞。』

◎丙卷：評鍾過步蟾宮（東風又送酴醾信）

麥丈云：『本色語。』

◎丙卷：評吴文英高陽臺・豐樂樓分韵得如字

麥丈云：『穠麗極矣，仍自清空。如此等詞，安能以七寶樓臺誚之。』

◎丙卷：評吴文英八聲甘州・陪庾幕諸公秋登靈岩

麥丈云：『奇情壯采。』

◎丙卷：評黄孝邁湘春夜月（近清明）

麥丈云：『時事日非，無可與語，感喟遥深。』

◎丙卷：評王沂孫高陽臺（淺蕚梅酸）

麥丈云：『此言半壁江山猶可整頓也。眷懷君國，盼望中興，何減少陵。』

◎丙卷：評周密大聖樂・東園餞春

麥丈云：『此刺群小競進，慨天下之將亡也。憂時念亂，往復低回。』

◎丙卷：評張炎高陽臺・西湖春感

麥丈云：『亡國之音哀以思。』

◎丁卷：評陳維崧虞美人（無聊笑捻花枝説）

麥丈云：『俊句。』

◎丁卷：評麥孟華解連環・酬任公用夢窗留白石韵

潘若海云：『温厚悱惻。』

附録二　各家評論資料

蜕庵集序

陳立三

余於南海康先生入室弟子，獲交其鄉以能詩鳴者二人，曰潘君若海、麥君蜕庵，皆才性跨越一世。而蜕庵尤游處久，故顔貌温粹，粥粥若無能，間出詩及詞，鬱伊善感，婉約冲夷，如其人。然與若海所就無高下，略有异同也。既并若海先後逝，朱彊邨侍郎爲輯刊粵中兩生集行世，顧蜕庵集所收頗未備。後十餘年，其孤搜補若干首，姻舊孔君希伯、盧君毅安任别録專集，傳稿示余。嗟呼！滄桑一瞬，履劫、吊形影、同歌哭之輩流幾盡矣。今以篤老孤寄之歲月，傷逝懷賢，諷咏遺製，猶依稀亡命海隅，從蜕庵茗廊酒坐，欷歔對語時也。丙子秋七月，散原老人陳三立留故都題記，時年八十有四。

以上見蜕庵集卷首

蜕庵集跋

何澄一

光緒乙巳、丙午以還，余與麥君蜕庵同客海上，晨夕過從最數者，君之外，則潘君若海也。數年之間，兩君相繼下世。余録其詩詞，乞朱古薇、陳子言兩先生審定，彙而刊之。南海先生題曰粵兩生集，布之於世。乃者，君之子侃曾廣搜遺稿，而孔君希白、盧君毅安爲定校梓，名曰蜕庵集。憶君殁時，侃曾纔四齡，今已逾冠，學成名立，文采斐然。九原有知，亦足慰矣。君抱經世之志，雅不欲爲文人，端居無事，偶有所作，隨手弃置，故存稿殊稀。文章氣誼，感人至深，况於親舊？後之誦此者，知其人，論其世，惜其才之不用，而竟損天年，爲可悲也！丙子中秋，香山何澄一識。

以上見蜕庵集卷尾

蜕庵集跋

孔昭焱

清光緒乙未，余年十有七，執贄南海先生萬木草堂，獲交麥君孺博。君時長余五六歲，已別開門授徒矣。丁酉之春，澳門知新報繼上海時務報而起，主之者招同門數人司筆政，君及徐君君勉、梁君任公等與焉。余年最少，濫叨末席。壬子鼎革，余拔宅海上，則又與君及君之仲弟曼宣結鄰，鬻文爲活，過從者年餘，其時至親昵。越三年乙卯，余判八桂度支，久羈炎徼，聞君奄逝，悲哽無已。又越六年辛酉，余師朱彊邨先生裒集潘君若海及君所爲詩詞，刊粤兩生集，南海先生爲之序。顧是集潘豐而君殊嗇，夫以君生平許身稷契，縱不樂以小技炫世，然風流文采，照映一時。所交皆當代豪杰，懷人感事，唱酬歌哭，流播人間者，定又不止此數。今其遺孤侃曾瘁於搜求，增益不少。余與君之妹倩盧君毅安議，別爲刻之，取名麥蜕庵集，師友之挽詞附焉。以何君澄一與君游處久，知君稔悉，請其編次。更荷海内耆儒陳散原先生篤念故交，忻然撰序，足光簡帙，此尤余輩及侃曾所引爲深幸者。嗚呼！君以不可一世之才，顧未嘗自貶求合於世，又不忍縱横捭闔以操縱世變，終遂不見用於世，而殘膏剩馥，沾丐後人者，僅而有此。夫亦可哀也已！中華民國二十五年丙子秋九月，南海孔昭焱識。

以上見蜕庵集卷尾

飲冰室詩話

梁啓超

二

譚瀏陽志節學行思想，爲我中國二十世紀開幕第一人，不待言矣。其詩亦獨闢新界而淵含古聲。丙申在金陵所刻莽蒼蒼齋詩，自題爲『三十以前舊學第二種』，蓋非其所自憙者也。瀏陽殉國時，年僅三十二，故所謂新學之詩，寥寥極希。余所見惟題麥孺博扇有感舊四首之三，其一曰：『無端過去生中事，兜上朦朧業眼來。燈下髑髏誰一劍，尊前尸塚夢三槐。金裘噴血和天鬥，雲竹聞歌匝地哀。徐甲儻容心懺悔，願身成骨骨成灰。』其二曰：『死生流轉不相值，天地翻時忽一逢。且喜無情成解脱，欲追前事已冥濛。桐花院落烏頭白，芳草汀洲雁泪紅。再世金鐶彈指過，結空爲色又俄空。』其三曰：『柳花夙有何冤業，萍末相遭乃爾奇？直到化泥方是聚，祇今墮水尚成離。焉能忍此而終古？亦與之爲無町畦。我佛天親魔眷屬，一時撒手劫僧祇。』其言沈鬱哀艷，蓋瀏陽集中所罕見者，不知其何所指也。然遺情之中，字字皆學道有得語，亦瀏陽之所以爲瀏陽，新學之所以爲新學歟。

一六

譚瀏陽之有得於佛學，知瀏陽者皆能言之。然瀏陽之學佛，實自金陵楊仁山居士。其遺詩有金陵聽説法一章，即居士所説也。詩云：『而爲上首普觀察，承佛威神説偈言。一任法田賣人子，獨從性海救靈魂。綱倫慘以喀私德，法令盛於巴力門。大地山河今領取，庵摩羅果掌中論。』此詩無刻本，見麥孺博箑端，瀏陽手書也。

六三

過渡時代，必有革命。然革命者，當革其精神，非革其形式。吾黨近好言詩界革命。雖然，若以堆積滿紙新名詞爲革命，是又滿洲政府變法維新之類也。能以舊風格含新意境，斯可以舉革命之實矣。苟能爾爾，則雖間雜一二新名詞，亦不爲病。不爾，則徒示人以儉而已。儕輩中利用新名詞者，麥孺博爲最巧，其近作有句云：『聖軍未決薔薇戰，黨祸驚聞瓜蔓抄。』又云：『微聞黄祸鋤非種，欲爲蒼生賦大招。』皆工絶語也。吾自題所著新中國未來記一詩，有云：『青年心死秋梧悴，老國魂歸蜀道難。』亦頗爲平生得意之句。

六五

麥孺博不多爲诗，然有作必佳。余最愛誦其贈韩无首一律，末四句云：『晏歲坐聞山鬼嘯，臨江东指海雲生。中年哀樂應消盡，肯近弹棋恨不平。』无首名曇首，孔广之從昆也，三年前已爲异物矣。

七四

甲午夏，南海先生曾以詩三絶書余箑，今録之：『神鬼天龍日夜圍，六時説法萬花飛。金輪千轉不相動，紫府燈光寶焰微。』

『華嚴國土時時見，大地光明無語言。只是衆生同一氣，要將悲憫塞乾坤。』『鯤鵬變化且隨風，出入千重雲水中。行到光音應少住，鏗鏘天樂海雲紅。』又題孺博箑一首云：『三千劫裏橫金翅，二六時中看白牛。終日散花忘結習，諸天聞樂少淹留。脱將瓔珞親貧子，故入泥犁救重囚。丈室億千師子座，金身偶現不須收。』

一五九

某贈某金縷曲一闋，兩人者皆余摯友也，不許我道其姓名，顧愛其詞不忍釋，乃隱之以入詩話：『悲憤應難已。問此時、絕裾温嶠，投身何地。莫道英雄無用武，尚有中原萬里。胡鬱鬱、今猶居此。駒隙光陰容易過，恐河清、不爲愁人俟。聞吾語，當奮起。　青衫搔首人間世。悵年來、興亡吊遍，殘山剩水。如此乾坤須整頓，應有异人間起。君與我、安知非是。漫説大言成事少，彼當年、劉季猶斯耳。旁觀論，一笑置。』

以上見梁啓超飲冰室詩話，人民文學出版社一九五九年版

平等閣詩話

狄葆賢

一

余識蜕庵將十稔，勞燕東西，時有聚散。今夏蜕庵重游滬堧，握手道故，惘然如不勝情。賦詩見贈云：『忽忽離合到今日，漠漠平蕪下夕陽。如此頭顱雙白鬢，無端歌哭九迴腸。中年哀樂歸安石，海内知交感孝章。似説蘭華時未晏，且勸歲暮事容光。』凄清篤摯，語沁肝脾，他人尚不忍聞，况僕也哉！

二

吾友蜕庵本非詞章家，然以詩文鳴世，此中結習，要亦未能忘情，與余正復同也。猶憶高樓清夜，徙倚畫欄，背誦宋元人詞，胥忘夜永。蜕庵嘗語余云：『詞人以感慨爲生涯，若至感慨俱無時，則其抑鬱益可憫已。』此論至爲精當。頃見示秋夕新霽一律云：『閉門苦雨十日坐，夕光瀹瀹天試晴。濕雲陰重欲倒地，凉月夜流微有聲。萬瓦白涵人氣潤，一燈青暈水痕明。秋人例

有秋懷抱，卧看天河到五更。』

三

番禺韓樹園布衣（文舉），一字孔庵，抱質懷文，篤守考槃之志。中歲以後，益深究哲理。詩不多作，而微言雋句，時奔集於行間，殊可玩味。近有贈潘若海二絶句，云：『疑賢惡意復疑君，了悟無端集此身。增減年華裁廿一，鬢絲今已飽風塵。』又：『無可奈何安若命，吉凶不語費探天。自從風雨迷離後，薄著淄塵已十年。』

以上三條見狄葆賢平等閣詩話，平等閣詩話　平等閣筆記，鳳凰出版社二〇一五年版，第二九至三〇、三九、六五頁

石遺室詩話

陳衍

南海潘若海博喜填詞，專學夢窗，久與朱古微祖謀游，濡染然也。數以詩杜贈，有云：『西山漸換秋顔色，定有新詩與品題。』秀句可誦。答之云：『投我瓊瑶闕報章，琴書枕簟日邀凉。西山果换秋顔色，呼酒登臺一據床。』君詞家，故特用白石、夢窗詞中語。君又有秋雨卧病見示，句云：『凉意三分妒薄羅，西山塵外蹙雙蛾。當軒亂眼皆黄葉，攲枕關心到敗荷。』兩詩皆不能忘情於西山者。

以上見陳衍石遺室詩話卷五，上海書店出版社二〇〇二年民國詩話叢編本

花隨人聖庵摭憶

黄濬

二二七　麥潘兩粤生

彊邨有寒夜同麥孺博潘若海一詞，調寄［齊天樂］，起云『黄昏連樹拳鴉噤，江寒笛聲不起。擁葉驚波，呼風斷角，凄别歸鸞千里』者，極凄峭之致。孺博、若海，所謂粤兩生，自戊戌以來，負江海盛名。予曩以㜷庵之介識兩君，弱庵不過數面，曾欲共游潭柘，不果行，孺博則過從稍多。憶民國元年、二年間，燕都宴飲，多在岳雲别業之岳雲樓，或畿輔先哲祠後之遥集樓，

予與蜕公，蓋數陪文酒。一日陳簡持昭常招飲，憑闌望西山，黯然如將夕，君掀髯語時事久之。與瘦公言，是少年蓋可談者，重感其言。君既逝，予挽以詩云：『疏肩廣顙美髭須，平世觥觥見此儒。黨錮早年收郭泰，隱居晚節况王符。登樓曾共神州嘆，覽逝真愁海水枯。莫倚層闌數陳迹，江楓千里正愁予。』即言及此事。今觀彊邨翁水龍吟·挽孺博云：『峨如千尺崩松，破空雷雨飛無地。京華游俠，山林栖遁，斯人憔悴。』可知蜕庵之志節。弱海以民國四五年間，佐江蘇軍幕，假兵符趨黔桂，興義師以討袁。袁以重金購捕之，乃走香港，匿亞賓律道康南海宅，悲憤嘔血死，後蜕公約二三年。狄平子數録兩君詩，蓋猶其四五十前後作。今歲吷庵録其寄魏匏公天津木蘭花慢，中有云：『途窮我今不慟，且閉門種菜托英雄。萬里俱傷久客，百年將近衰翁。』此當是入民國後作。蜕庵、弱庵俱以橐筆爲生涯，晚年侘傺，弱庵恢奇有壯志，蜕庵則文章獨茂。兩君生嶺外而滯海上，匏公浙人而客津門，故云『萬里俱傷久客』。岳雲樓後改張文達百熙公祠，近又改爲校舍矣。

二二八　記魏匏公

弱庵詞中之魏匏公，即山陰魏鐵三，振奇人也，不可不記。匏公名有戫，與蜕庵、弱海至相善，博通史籍，無所不覽，能爲唐中晚詩、宋明文及制藝，尤工倚聲，長短調及南北曲皆精善。又工書，法北魏，能以龍藏寺體作小楷，如半黍大，於大小篆籀隸字鐘鼎又咸擅之。健談，好飲酒，於星卜雜技，罔不通曉。至如箏、笛、琵琶、胡琴，以暨昆徽弋黄諸歌曲，皆嫻熟如夙授。於武技，通易筋經諸拳法，有神勇名。凡上所述諸藝，匏公皆綽綽游刃有餘。……晚喜與伶人游，一時名優，皆賴其煦掖成名。身後甚貧，亦與麥、潘相似，而長君公孟能克家，則又逾於瘦庵所遭矣。

以上見黄濬花隨人聖庵摭憶，中華書局二〇〇八年版

二二九　民初武人恣意妄爲

弱庵之入馮華甫幕，乃爲聯桂、黔以驅袁，身雖先死，而志則終酬。當時叔問、彊邨及麥、潘，皆爲詞於蘇、滬間，尤不樂睹軍閥所爲。

光宣以來詩壇旁記　汪國垣

潘博，原名又博，字弱海，後改若海。廣東南海人。幼穎异，嘗與任子徽元熙、鄧秋枚實、秋門方兄弟、黄晦聞節同問學於簡竹居。而若海又師康南海，故與麥孟華、梁啓超相習。及秋枚、晦聞於清季創國學保存會、國粹學報於滬瀆，若海實助其成。宣統間，嘗往來津滬，與黨人通聲氣，所交皆一時豪俊。時歸安朱祖謀、義寧陳三立，并以詩詞領袖壇坫。若海皆與之往還，有詩詞見二家集中。他如趙熙、二羅惇曧、惇㬊、何翔葆、諸宗元、梁爰居、黄意愈，皆締交。梁卓如納交趙克山，且因若海爲介，時卓如尚在日本也。民國四、五年，若海嘗佐江蘇軍幕，與散原往還更密。而青溪復成橋側之吴氏鑒園，往往有若海之踪迹。園主人吴劍泉學廉，并與投分亦深也。乙卯，袁世凱帝制議起，若海在蘇督幕，假兵符趨黔桂，起兵以抗項城。項城懸重金購捕之，乃走香港，匿亞賓律道康南海宅，悲憤嘔血而死。時民國五年丙辰□月也。吴劍泉以詩哭之云：『勃鬱移山志，沉冥蹈海行。乖逢逐客令，甘徇黨人名。司馬資王郄，河汾重董程。空餘寢門涕，風義感平生。』陳散原挽詩云：『鼙鼓聲中數往還，就余彈泪倚鍾山。帝秦孤憤天應鑒，走越奇踪夢與攀。落拓虞翻疑骨相，遨游陸賈補時艱。起衰二十移眸盡，忍過辛園話鑄顔。』蓋若海與麥孺博同爲南海弟子，時南海在上海，居辛園。孺博亦以前一歲逝也，故末二句及之。

余有論近人詩絶句，其潘若海一首云：『危城玉貌捭深談，晚得朱陳許共參。誰識讀書堂下客，流傳佳句遍江南。』余於乙卯至金陵，與若海晤於秦淮酒樓，坐上談舊京諸詩人近狀甚悉。『讀書堂』，即簡竹居講學所也。若海詩詞并工，曾與麥孺博蜕庵詩詞合刊，名曰粤兩生集。然亦有未收入者，如别後寄魏瓠公天津木蘭花慢云：『慢相逢湖海，怪豪氣、減元龍。嘆尊酒天涯，聚原草草，别更匆匆。雕蟲。耻談小技，祗長歌當哭豁愁胸。不復貂裘夜走，時憂炊米晨空。孤蓬。飄轉任西風。身世苦相同。念少誤學書，老猶彈鋏，歸去無從。途窮。我今不慟，且閉門種菜托英雄。萬里俱傷久客，百年將近衰翁。』

以上見汪國垣光宣以來詩壇旁記，上海書店出版社二〇〇二年民國詩話叢編本

附録三　師友紀念酬贈作品

（一）各家哀挽詩詞

哭孺博外甥（二首）

羅惇曧

其一

萬事不我待，一瞑驚君絶。虺隤白日盡，俯仰生氣滅。悠悠人間世，羅網未易決。吾固碌碌存，未肯磽磽缺。君方乘化盡，或憫生者拙。名德已不昌，彭殤竟奚別。期君忍須臾，天地或清澈。撒手謝塵縛，憂世餘内熱。絶望同吾黨，有泪重泉徹。

其二

吾慚李公擇，乃作魯直舅。馬齒加兩歲，總角相親厚。情本均骨肉，誼乃若朋友。吾學識津途，君實爲之牖。吾名挂士夫，半乃出君口。中經憂患深，各嘆會合偶。相對憶兒時，華色漸成醜。壬寅吾出游，灑泪別汝母。君方海外歸，嗒然初喪婦。姊言當膠續，我謂君意否。汝母正色言，鰥居胡可久。吾老期抱孫，大義在傳後。豈意生兒時，母已不及覯。君連遭大故，要絰尚在疚。去年至京師，所親經老瘦。回首十七年，城闕已非舊。吾方登泰岱，浹旬勞君候。歸作十日聚，談諧忘昏晝。臨歧悲未忘，永訣一何驟。悲來仰天呼，狂發繞屋走。兩弟聞變至，慟極血欲嘔。鼎尚一撫尸，仲乃僅憑柩。來書各催肝，述狀謂疾首。猝發即昏迷，群醫并束手。頗聞唐君言，疾非不可救。方書有治法，獨恨時醫陋。天道果難知，報善理豈有。思君行坐處，合眼在左右。入夢如故常，別狀方欲叩。怪君但無語，去住殆參透。緘書在篋衍，檢點泪盈袖。常思肺腑言，永比金石鏤。

哭孺博外甥

羅惇曧

駒父汗血駒，我乃愧山谷。同歲長一月，奇才我所服。騏驥騁上京，蹇步傷厥足。嘯歌一蘧廬，俯仰嘆沈陸。虛存范滂志，終負賈生哭。君從扶桑還，我時旅滬瀆。小車數還往，互足慰幽獨。七年窮塞居，把君書一束。長安驚相見，君髯遽及腹。屢徵君不起，爲道不爲禄。憂時思何深，乘化去太速。群傷中道摧，但責玄穹酷。哀歌怨横臆，臨風淚盈掬。一瞑萬事已，絶望百身贖。

哭孺博八首

梁啓超

其一

冤憤叩真宰，何爲生此才。生而百挫轗，年命況相催。滄海乾殘淚，名山閟古哀。由來關世運，不獨我心摧。

其二

學貫天人邃，身兼道器尊。沉冥觀末俗，内熱爲黎元。牢落真何得，流傳只罪言。大荒披髮者，應是未歸魂。

其三

十載瘴江路，無家更苦飢。獨憂天下溺，此誼古人稀。餘事歸吟望，流風尚起衰。即今俱已矣，吾道適安歸。

其四

時賢多好我，篤愛孰如君。責善無寬假，持危實苦辛。綢繆皆大計，商略到斯文。此後連床雨，高言可復聞。

其五

去年作重九，并馬俯長城。得句頻相詫，傳觴亦屢傾。送君及明發，臨别一吞聲。誰信西門路，交期盡此生。

其六

所嬰竟何疾，屬疾幾何時。鵬集原知命，雲歸亦太奇。諸孤未六尺，兩弟各天涯。泪滴重泉盡，天高聽豈知。

其七

居亂生何樂，一瞑良亦佳。君看此大宙，何處置吾儕。壺子隨灰滅，劉伶并鍤埋。料勝寶殘喘，魑魅與安排。

其八

亦悟達生理，其如有肺腸。哀時常逼仄，感逝益彷徨。夢警風吹竹，詩成月滿梁。百年今夜意，遺涕視襟裳。

祭孺博

梁啓超

乙卯寅月下丁日，啓超設位於北京。謹潄溪毛瀌潢水，哭薦亡友麥君靈。嗚呼天道久昒昧，誣酷至此吾益熒。以君器量及志節，才氣學識言文行。天篤生斯知匪易，生而厄之良既獰。厄之未已遽奪去，信有宰者誰度營。我十八歲交君始，君弱於我裁一齡。相將顧盼惜毛羽，睹者輒比雙鳳鳴。同時草堂多俊物，惟君與我尤忘形。鑽穴名理鬥邃密，講析文史擢芳菁。粵秀月夜躡輕屐，海珠春漲揚浮舲。少時最喜與君月夜登粵秀，或泛舟珠江，往往譚辯至夜分。所與上下議論者，語出長老恒咋驚。君時憑軒得佳句，坐聞鬼嘯看雲生。我籀諷竟喜且戚，頗怪少作何沈冥。『晏歲坐聞山鬼嘯，臨江東有海雲生。中年哀樂應銷盡，肯近彈棋恨不平。』此君二十歲所作詩也，吾極喜誦之。然當時已頗訝其衰颯。嗚呼，由今思之，二十歲非君中年也耶。國命陽九遭甲午，腥沫憤觸東海鯨。相從師門在京國，急難走籲冠弗纓。書生囈語衆所擯，三年空宰歲崢嶸。關帝廟中月照席，琉璃廠外泥凝軿。八年前，夏穗卿贈君詩有句云：『琉璃廠外泥没脚，關帝廟前酒盡腸。』蓋甲午乙未間吾與君同居南横街關帝廟一年餘，穗卿詩指此。西山試馬吸秋爽，二閘擊汰淘春醒。有時徵歌蕩迴腸，醉扶歸及參斗横。至今軀年偶相值，對訴影事魂猶馨。盛年意態百如夢，君倘有知寧忍聆。耗矣戊戌抄瓜蔓，我戢鵬翼圖徙溟。君亦有家歸不得，飢鷗海上同伶俜。自爾國事及身世，如風撼葉波激萍。六飛嗚咽度隴水，多士黲黷沉湘囹。謂庚子漢口之役。鼎湖龍去遂不返，篝火狐嗥無復寧。君每先憂就我語，七度奔命航滄瀛。諸所規畫徙薪策，什倘一二能施行。敗壞當不至今日，此論甚公吾敢承。蒼生凬孽且未已，吾徒坎壈安足懲。海市浩浩萬聲沸，中有丈室支短檠。敝裘無温飽不宿，却睨餘子猶蚊虻。時時商歌動寥廓，波瀾積歲趨老成。不知者謂腫背馬，其知者謂能言鸚。自我之歸在官守，幾輩牽率塵網攖。獨君十徵不肯起，大澤一笠容嚴陵。顧常憂我蹈世患，相見苦語逾叮嚀。上言事會豈終極，慎保千金全令名。下言名山業未就，忍以芻狗辭榛苓。我再拜受日三復，謂當與君齊所程。君才十倍我豈翅，萬一天未淪斯氓。時危异人或一出，執鞭庶不楹辭莛。嗚呼楚毒竟今日，海枯石爛誰能平。或言有才例無命，茲理益誕吾弗憑。計君别我曾幾時，去年重九躋長城。昌平居庸亦遍歷，犯雨不憚山路濘。相與酹酒酬田疇，更有深語吊管甯。霜楓露柿艷挂眼，哀彼悴卉猶暂榮。與君累夕所竊嘆，在耳歷歷餘碎瓊。既别君書亦四至，最後一紙殊淒零。謂昔急劫驚敗棋，今真斂手成推枰。書距易簀月未半，宿墨麗紙猶黝瑩。痛哉豈意此絶筆，故作變徵留尾聲。（君之逝以舊曆正月十二日，吾於除夕前一日猶得君手書，語日本要挾事，憂憤殊甚，謂國其真亡矣。『半局敗棋驚劫急，九州放眼覺才難。』此君五年前和余詩句也。）我方避地事述作，其日酷凍雪塞庭。海電八字報君逝，入手狂怛如觸霆。君體非尫我夙諗，况未病襲寧死嬰。更閲五日得次報，審以首疾瀕殁殘。嗚呼憂國血逆涌，大命遂先神州傾。（君正月初十日之夕，猶能赴友飲。歸而覺頭痛，入夜痛欲裂，遂弗省事。越二日而逝，蓋急血攻腦也。）永懷平生素心人，没者日與存者争。禮吉（陳君千秋）著偉（曹君丁泰）一代駿，墓木久拱南山稜。鐵樵昆季（吴君樵及其弟以東）善知識，蜀魄慘慘啼深箐。幼博（康君廣仁）復生（譚君嗣同）與暾谷（林君旭），更有林李隨紱丞（唐君才常及林君圭、李君炳寰）。斯皆蹈海同申徒，到今碧血埋萇宏。山中公度（黄君遵憲）既宿草，海上簡始（陳君昭常）還新塋。諸我所交風義士，悉與君昵猶弟兄。知君夜臺不岑寂，各豁冤抱勞相迎。相見勿復語世事，坐使槁壤紅泪盈。况君歸去就翁媪，（君丁母憂未釋服，旋丁父憂，今尚未釋服也。慘哉！）復與逸妻尋舊盟。（君結婚未逾年，而盧夫人卒。）未知生死孰可慕，彼哀君者何不弘。升皇掩袂忽反顧，曷其有極恫此煢。渡頭斷楫損桃葉，天邊隻影號鶺鴒。（君仲弟曼宣方在粤，季弟公立方在京，皆聞變奔喪。）哀哀眼枯已見骨，叩地萬喚君寧譍。諸孤扶床或在抱，責在友生辭孰能。矧有兩弟可覆翼，君勿憂此宜且瞑。獨我一自失君後，纍日繞室惟竛竮。念我有蔽誰與解，我有愆謬誰與繩。我哭誰踊歌誰和，我主誰客醉誰醒。前塵屢拂偏在目，新恨勉茹還填膺。嗚呼有生在今日，豈有佳趣勞牽縈。坐看九域付孤注，漫灑涸泪啼新亭。不能入山隨李廣，便合荷鍤從劉伶。吾曹餘生焉置此，莽莽未察天所令。君今意外得解脱，庸知非福吾略明。浹旬驚砂蔽白日，（得君訃後，屢日黄沙蔽天若雨血，益吾悲愴。）

一尊苦酒空醁醽。罄我入骨傷心語，寄君千秋萬古情。嗚呼哀哉魂來饗，勿憚淒咽其垂聽。

挽孺博　陳三立

中宵破夢了斯人，蜃氣纏雷作慘春。臨視闔棺如欲語，餘生抵几更誰親。温温常度藏憂患，耿耿微馨醉鬼神。一瞑知甘免奴虜，應憐坐待海揚塵。

挽孺博先生　陳詩

麥君咏孑遺，一椽江海戀。相知吾最晚，十載從高宴。清言樂廣儔，黨錮林宗傳。改社隱茹痛，先甲洞世變。癸丑歲晚，君語余曰：『太歲在甲寅，必有兵禍，殆難解免。』未幾，其言竟驗。征繕沸五洲，貽憂到赤縣。千哀萃厥躬，怛化若激箭。有文不用世，守道自成狷。誄謚宜曰貞，龍德此隱現。重來具束芻，虚堂方夕奠。

挽孺博先生（四首）　黄孝覺

其一

意外驚聞太岱隤，傳緘和泪捧初開。往看世宙趨長夜，已惜乾坤老此才。一瞑隨塵悲道路，九州來日有風雷。失群挂木尋常恨，未抵今年鬢髮催。

其二

熙豐黨論世紛紜，徙宅江南但幅巾。三徑不謀陶靖節，九歌微怨屈靈均。生平風義宜何與，古有天民擬或倫。籍甚故人麟閣待，獨容大澤坐垂綸。

其三

河海從來百谷王，堂堂吾黨各風霜。焉知孤鳳人間世，自有千金肘後方。伯仲且教論管樂，咏歌直欲陋虞唐。卧龍黄土還祠廟，天意如何闕主張。

其四

故園兵馬思歸日，世局雌雄未了棋。接席常興交恨晚，在山遠志故相知。已聞蹈海辭秦帝，更賦招魂續楚辭。説與九原遲努力，寒江蓑笠有心期。

挽孺博先生（二首）

伍莊

其一

生平意氣鬱風雷，負海涵山絶世才。經十七年嘗患難，視三千界等塵埃。偶當大澤行吟後，每爲蒼生動念來。今日如何竟沈寂，夢回天地有餘哀。

其二

九畹滋蘭香自焚，蕭蕭日暮起黄雲。大江東去誰能挽，上帝深居叫不聞。此恨天長同化燼，其身人百願從君。驚心劫局知何定，留此艱難愧望墳。

水龍吟

朱祖謀

孺博先生挽辞

欻如千尺崩松，破空雷雨飛無地。京華游俠，山林栖遁，斯人憔悴。一瞑隨塵，九州來日，了非吾事。正蒼黄急劫，推枰撒手，渾未省、茫茫意。也識彭殤一例。愴前塵、飆輪彈指。長城并馬，滄溟擊楫，窮秋萬里。歸卧荒江，中宵破夢，一襟凄泪。更大招愁賦，湘纍魂返，甚人間世。

哀麥孺博五十八韵

曾廣鈞

槖籥誰能問，高雯試一呼。力征成歲月，元氣在師儒。豺虎窺中縣，龍蛇厄降婁。桂馨還自寇，蘭秀不禁鋤。莊舄終吟越，梁鴻竟葬吴。長悲埋玉樹，永慟失玄珠。君昔談湘學，余猶滯海隅。兼程歸白社，幸舍接青蒲。善者幾曾見，邦人德不孤。法城疑鹿苑，講樹即鵝湖。旁騖人間世，先憂泛歷樞。六情通帛妙，九旨接胡母。議政開鄉校，談元入説郛。地形窮豎亥，海勢譯佉盧。誘掖甄莪棫，威儀示楷模。扶桑龍代燭，孤竹馬知途。經藉萌芽始，宫甍建設粗。如何秦博士，翻逐趙鉗奴。宰相牛仙客，諸侯馬霸圖。薰胥窮走伏，繩引極根株。北寺收鉤黨，東京殞顧厨。肯爲長夏革，半迫季冬誅。梁子東游海，康先遠化胡。裹糧求子祀，因樹覓申屠。七度觀鯨鰐，三山聽蟪蛄。檣痕同婞直，海色照中孚。大運俄舟壑，高春有□餔。翠華巡陝服，白狄蹀清都。王子充祈請，宗潢齒屬鏤。怖宜床下伏，艷極府中趨。漬水乘膠艦，危棋戴破盂。誰教巢幕燕，尚玩隙中駒。耆艾言深切，孤松氣鬱紆。寓吴稱市卒，論漢署潛夫。户説空憂杞，岩栖且據梧。蕨薇聊可食，橘柚不成租。白帝亡珠鏡，蒼精委玉符。胥餘悲璧馬，左徹哭弓烏。楚望終張楚，虞淵有不虞。山陽歸下國，海外待孤塗。晋室憐行酒，荆人念負芻。蓍簪多雅素，蓬户或游朱。家説孫通禮，人投征虜壺。選琴周海岱，采秀匝荆巫。遠韵羞陽鱎，高懷异衆狙。養生翻得死，戰勝本成癯。箕潁幽憂疾，秦川流寓軀。漢庭傷賈誼，執友泣唐衢。海上崔亭伯，閨中衛敬瑜。二難飛斷雁，三歲念孤雛。與善徒存有，栖真却貴無。肯留封禪草，儻執化人袪。後死空爲忝，芸生尚有徒。囚君悟蟬蜕，自失若錙銖。

以上見蜕庵集附録

（二）各家挽麥孟華聯

潘之博聯

與陳元方十載周旋，志潔行芳，知之猶悉
使郭林宗一慟欲絶，人亡國瘁，夫復何言

何天柱聯

公竟何之？十年送抱推襟，豈料親友成逝水
吾將安仰，廿載懷才遁世，可憐文字只藏山

辛岳瑞聯

人生至此，天道寧論，鵩鳥劇無情，信知造物忌才，并世庸流偏上壽
既傷逝者，行復自念，瞻烏竟誰止，太息大難來日，羡君解脱早歸真

朱祖謀聯

黨錮不嬰郭有道
天年竟夭龔君賓

王秉恩聯

鑿壞高節同顏闔
蹈海孤懷踐仲連

楊通聯

神州澒洞，八表將昏，遥知雲外驂鸞，下界風塵愴猿鶴
同谷哀吟，三人各瘦，凄絶天涯斷雁，東飛涕泪感鶖鶬

盧籍剛聯

江海幾邅回，最傷張儉無家、杜陵久客
人天餘悵望，空費安仁作誄、宋玉招魂

沈曾植聯

西州志士君當之，橋石俄摧，化魄儻猶悲杜宇
北山愚公誰見者，壑舟潛徙，有神直與訴操蛇

馮國璋聯

入耳早相知，倒屣初逢，論事肯同三語椽
損年緣不樂，寄書未達，出塵遽訪九華仙

瞿鴻禨聯

一見慰平生，豈意倉皇成永訣
百憂歸大覺，獨憐零落少通才

胡嗣瑗聯

小別兼旬遲過我
横流無地著斯人

沈瑜慶聯

具臣莫便招吾黨
綿蕞焉能致魯生

汪鍾霖聯

幽憂沉鬱，遘疾至斯，豈惟故人，所爲嘆息
厭世溷濁，潔身而游，覽其遺迹，至於泫然

李瑞清聯

國瘁人亡，年同有道
動權静直，德如履常

沈曾桐聯

年時憶意氣如雲，遽聞蘭刈當門，橫覽更無天下士
此日正風塵澒洞，痛絶珠沈萬頃，可堪重唱空谷詩

黄元蔚聯

奇章高會見河汾，竟未逾半載，奄喪兩賢，可堪馬策扣扉，□盛舊游惟泪下
顔子本懷同禹稷，乃方問爲邦，遽終陋巷，此後麟經絶筆，文宣微指向誰傳

李宣龔聯

廿年赤縣憂空切
一别黄墟迹已陳

以上見胡君復編古今聯語彙選第四册哀挽（下）

（三）康有爲酬贈作品

示孺博（二首）

其一

鯤鵬變化且隨風，出入千重雲水中。行到光音應少駐，鏗鏘天樂海雲紅。

其二

萬花飛舞妙音天，大醉騎龍過日邊。未解吞針盡一鉢，還應面壁度千年。

示任父孺博及曾重伯翰林

三千劫裏橫金翅，二六時中看白牛。終日散花忘結習，諸天聞樂少淹留。脱將纓絡親貧子，故入泥犁救重囚。丈室百千師子座，金身偶現不須收。

以上見康南海先生詩集卷之二，康南海先生遺著彙刊本

門人陳千秋曹泰梁啓超韓文舉徐勤梁朝杰陳和澤林奎王覺任麥孟華初來草堂問示諸子

聖統已爲劉秀篡，政家并受李斯殃。大同道隐禮經在，未濟占成易説亡。良史莫如兩司馬，傳經只有一公羊。群龍無首誰知吉，自有乾元大統長。

桂林風洞與門人曹仲儼龍贊侯况晴臯黎少峰湯覺頓看雪懷梁卓如兼示麥孺博時二子皆在上海卓如將爲美游

前年海上看飛雪，籔籔園林厚盈尺。同踏雪者惟梁麥，登樓白盡天地色。劃雪題詩嚼野梅，花下小影留相憶。今年看雪風洞中，千岩飄飄香霧濛。蒼崖碧草映紅樹，青山變作白頭翁。已知人生無去住，頗感行脚如轉蓬。從我清游同感嘆，諸生况黎湯曹龍。却念征人折楊柳，霏霏雨雪落孤篷。海上舊游忽入夢，梅花雪影應相同。麥生佳句富文采，臨江應指海雲東。孺博弱冠有詩云：『晏歲坐聞山鬼嘯，臨江東有海雲生。』梁生隨節使絶域，海濤浩浩吹天風。鼉鼉不吼白日静，鮫鯨暗怒翻波紅。東渡扶桑觀日出，蓬島新開列仙宫。望洋漸作太平想，合衆國土期大同。甌甌神瀵地肥食，被髮美好士女丰。刹利兜率睹善見，諸天世界千年逢。會當登天攬日月，徒看横地走山峰。鄉人同類殊可憫，何當去禁令交通。他時對雪華盛頓，輶軒所采傳詩筒。

以上見康南海先生詩集卷之三

與菽園論詩兼寄任公孺博曼宣（三首）

其一

一代才人孰綉絲，萬千作者億千詩。吟風弄月各自得，覆醬燒薪空尔悲。正始如聞本風雅，麗葩無奈祖騷詞。漢唐格律周人意，悱惻雄奇亦可思。

其二

新世瑰奇异境生，更搜歐亞造新聲。深山大澤龍蛇起，瀛海九州雲物驚。四聖崆峒迷大道，萬靈風雨集明廷。華嚴帝網重重現，廣樂鈞天竊竊聽。

其三

意境幾於無李杜，目中何處著元明。飛騰勢作風雲起，奇變見猶神鬼驚。掃除近代新詩話，惝恍諸天聞樂聲。兹事混茫与微妙，感人千載妙音生。

以上見康南海先生詩集卷之十一

辛亥人日立春星架坡海濱曉起視萬綠匝地嫩晴濃熙皆椰蕉棕桐鳳尾草不得見故國梅花牡丹也寄任公孺博曼宣與薇女（三首）

其一

棕蕉匝地草侵沙，淑氣晴光映綠椰。乍見嫩春如好女，惜居絶域寫年華。花埭牡丹移畫舫，燕臺芍藥照人家。而今碧浪盈盈海，人日題詩寄昊霞。

其二

晚潮捲浪岸淘沙，夕照皴烟天滿霞。隱隱青山轉帆艦，深深緑樹隔人家。曾携婦孺尋螺蜆，網集漁人得蟹蝦。喜入立春又人日，醉眠芳草忘天涯。

其三

飛鳥驚枝天欲曙，候蟲吟草月微明。深宵不寐頻攲枕，似聽三邊鼙鼓聲。

辛亥夏來日本須磨居任甫雙濤園築小樓十弓臨海名曰天風海濤樓室成與任甫覺頓樂之兼寄若海索和（二首）

其一

海外逋亡十四年，又來須磨結三椽。紙窗板屋生虚白，夕靄朝暉覽萬千。松罅舊亭立前後，丘中曲徑得迴旋。小樓坐大吾知足，吞吐東溟占碧天。

其二

雙濤浪拍與松篩，海碧山青日月移。丈室可施花雨榻，故人□寄草堂貲。白波萬里如舟入，青蓋千株繞壁攲。過眼雲烟渾欲忽，側身天地更何之。

若海遠自京師訪吾於日本須磨縱談弥月見贈二章次原韵

其一

披髮升天攬大荒，舊鄉臨睨忽徊徨。人才誰與共大事，國難寧能忍捨藏。風起雲飛思猛士，天旋地轉痛先皇。紫眉若士真英絶，百尺樓頭湖海蒼。

其二

環輸歸來久白頭，人間徧閱更何求。夢華尚有山河感，大浸能無灰劫憂。傾缺乾坤猶欲柱，風飄郭李且同舟。多情來看須磨月，夜夜聽濤嘯未休。

以上見康南海先生詩集卷之十二

乙卯元日與孺博若海談國事兼寄乙老

逝波年運往多經，淑氣晴光春半醒。風草茫茫無故物，山河莽莽又新亭。衣冠避地幾如掃，滄海驚濤不忍聽。五十八年憂國事，今年憂甚可沉冥。

偕若海公裕品茗不忍池中無著亭看月已而病若海以二詩來答之

其一

池亭呼取密雲龍，知共佳人聽暮鐘。碧海青天無限恨，且看華月上青松。

其二

衆生有病吾遂病，世界微塵我入塵。玉宇瓊樓不歸去，人間少住未知春。

丙辰九月二十九夕題麥孺博潘若海爲盧毅安寫扇圖

毅安弟以孺博、若海合寫詩詞請題，蓋自甲寅來滬，日與二子共事，而乙卯孺喪，丙辰若殂，誰與共天下事者，每念心痛。欲賦不能下筆，今乃攬筆哀之，成詞老泪猶濕也

吾門房杜有奇才，次第沉埋委草萊。本是同心人合璧，痛看遺墨劫餘灰。掣鯨碧海詞猶壯，賦鵬長沙命可哀。吾道窮乎天喪咒，

灑將老泪濕青苔。

以上見《康南海先生詩集》卷之十三

聞報墨鐵路數十萬被封示任甫并示覺頓孺博曼宣擎一

百萬金錢一掃中，殺淫貪孽并誣攻。似聞怨敵飛章上，又報田園割地空。李廣數奇應宿業，臧倉力阻亦天功。安危出處關中國，日月光明貫白虹。

以上見《康南海詩集補遺》

調若海

紅拂應歸李藥師，英雄兒女兩心知。虬髯側卧看垂髮，可有裼裘來下棋。

【注】《康南海詩集補遺》題作『調某俠者』，『垂』作『梳』。

贈若海仁弟

不見潘生二十年，文章風義更纏綿。少日讀書豈温飽，中年憂國弃神仙。沈沈心事天思補，落落詩懷誰與傳。海浪拍天松繞壁，故山重話愴風烟。

【注】《康有爲全集》第十二集録兩首，其一『披髮升天攬大荒』重出，見前《若海遠自京師訪吾於日本須磨縱談弥月見贈二章次原韵》。

若海談少年策十數騎深入賊巢事贈之

射虎南山夢有聲，伐蛟東海事堪驚。英雄叱咤人皆咋，才氣無雙天所生。會跨明駝横大漠，更乘樓艦請長纓。勒來神武門前馬，勿笑桓温是老兵。

若海民部老弟

康有爲寫贈

醉後短衣看射虎；興來小技試屠龍。

若海仁弟

康有爲

冷香殘雪外，畫譜水仙遲。

以上見康有爲全集第十二集集外韻文，中國人民大學出版社二〇〇七年版

（四）梁啓超酬贈作品

聯句寄懷蜕庵

次韓孟同宿聯句（麥孟華，字孺博，又字蜕庵）

健翮鎩驚弦，奇骨銷積譖。（超）秋鏡鬢華改，春衫泪痕浸。（博）警隺失怒雁，通勤誤媒鴆。（超）跨鳳爾吹簫，聞鷄我推枕。（博）
淪落各异地，懷想詎可任。（超）愁心千盞消，別夢一鐙禁。（博）懸知抱蘭性，匪肯憩松蔭。（超）員顱好誰斫，長舌巧未矜。（博）
病放生酒惡，窮工踐詩讖。（超）市中壚可當，廡下春亦賃。（博）且歡昔昔鹽，豈恤床床滲。（超）最憐半載別，久廢十日飲。（博）
樹萱衹益憂，蓄艾詎袚祲。（超）逐貧貧不去，闞恨恨愈闖。（博）怪爾金玉閟，靳我心脾沁。（超）題詩增嘆吁，拔劍惹叱喑。（博）
因想雁到時，微吟伴秋絍。（超）

荷庵携婦東渡將至喜賦

次韓孟會合聯句韻與若海聯句

別程千里遥，歸諸百金重。（博）春心遡難托，秋色來方勇。（超）望欲雙眼穿，吟空兩肩聳。（博）温温玉茗生，俊才若泉涌。（超）一心盟寶劍寒，胸洗俗塵壅。（博）讀荘辭龜手，學墨矢放踵。（超）逃虚避時俗，卜築傍丘壟。（博）山林興方長，風波夢猶恐。（博）勞勞謝墩王争謝，（爲荷庵賃一廡在孤墩上，荷夙所愛也）扁舟蠡笑種。非閲滄海變，豈省浮雲冗。（超）歸妹筮靈爻，搜神發秘冢。（博）勞勞謝世機，娟娟媚新寵。（超）履綦印昔塵，畫燈敝今栱。（博）春來遠游倦，影事常悃悃。（超）黄金交易散，赤心主難奉。（博）足已繭迷陽，血幾膏沐腫（超〇沐腫食人獸，見山海經）。竈突豈曾黔，皋比怯再擁。蛾眉遭衆嫉，素心向誰捧。潜身空學蠖，哀歌但和蛩。（博）汲古發遥想，禮佛療塵尰。賃廡偕鴻光，盍簪得修聳。即此戰窮愁，已足鞭傝𡫯。（超）補牢羊誰亡，避弋鳥休悚。（博）眼界洗空華，心經薙荒茸。（超）安神闃房内，雜佩聽鳴珙。况當秋氣佳，禾黍正被隴。（博）尋壑究窈窕，觀濤狎洶溶。（超〇荷所居臨大海）逍遥謝羈鞚，束縛脱梏拲。（博）面壁觀道心，當窗出高冢。（超〇所居後爲叢冢）且爲隱霧豹，肯作縛繭蛹。（博）別腸一萬周，伫足三百踴。（超）炙待燒牛心，毛休吹鳥氄。（博）經營創新巢，洞達若禁甬。（超）來帆尚早發，勿畏海濤洶。（博）

若海自稱其書已脱古公役屬要我承爲獨立國作詩嘲之

化工於物無私愛，予之翼者兩其足。并時詩人鮮曉書，亦若廉公厭糟麴。叔度才如千頃波，可惜墨池撓太濁。（謂黄公度）子昂風骨雲中鶴，書乃意造徒拙速。（謂陳伯嚴）君於詩文得神悟，故合命騷供奴僕。胡爲半生弄柔翰，至竟持術乖入木。結體磊落堆亂石，作勢縱横森惡竹。有時匆匆學作草，見者鉗口不能讀。（君昔學書譜，儕輩每得其一札，輒苦於作釋文）塗鴉騰誚吾豈敢，墨猪爲謚未云酷。賣身昔爲朱家奴，（謂朱古微侍郎）刻鵠不成尚肖鶩。今拔赤幟依趙幟，（謂趙堯生侍御）失利更類空壁逐。逃楊逃墨亦奚擇，等是受羈苦局促。曹鄶淺陋還可治，向極附庸何能穀。頗怪夜郎不知量，妄希槊敦分珠玉。似我猶恥争滕長，况乃晋楚馳九牧。

徑摽使者出大門，不畏惡聲買怨毒。請君詩成付人寫，阿買誰歟有梁鵠。

若海頗思折節治世俗之學要吾爲之誦説期以半歲盡吾所有奇詩堅明約束且促其來

生平頗恨魯兩生，不學叔孫知世務。不然起爲漢制作，豈有痛哭煩賈傅。又恨杜陵老布衣，空讀萬卷如枯蠹。致君有道苦無術，
飢餓荒山羞紈袴。由來能事不相兼，往往坐起成參語。君才有如不羈馬，久耻啁啄儕鷄鶩。我如白頭豕自獻，詹詹弗直君一顧。
何期懷寶殊未廉，睞眄復及寶康瓠。蓄志奪我千金帚，要我驅除踏先路。我生識字常患多，君亦久受儒冠誤。何苦肝腎相鎪刻，
更令眼界益霁霧。世人慣作鴟嚇鵷，毋乃投珠君逢怒。玩世故效時世妝，剪取新縑澤故素。嗟我鼯鼠衹五技，安有閉拒能自固。
却恐相如渴已泰，術取君家金盤露。蓬萊涉冬水清淺，似聞已可一葦渡。息壤在彼吾其誇，請君遂來取武庫。

若海賦長句二章呈南海先生先生依韵屬和余亦繼聲

其一

十年地老復天荒，太息勞人自不徨。寥落乾坤幾師友，縱横風雨話行藏。含情到死勞精衛，賢德何年下鳳皇。酒醒欲論天下計，
海雲無際月蒼蒼。

其二

邅道昆侖最上頭，哀鳴鴻鵠欲何求。静觀人我成雙遣，醉撫河山動百憂。唱嘆尚聞清廟瑟，黎元側望濟川舟。九洲水闊兼天遠，
吾道何時得少休。

連夕與弱庵侍南海先生話國事叠前韵再呈

其一

永夜中天月色荒，對論世難各彷徨。已驚草澤妖氛急，况有蕭墻隱禍藏。俗變蘭荃成糞壤，時來鷄犬坐堂皇。横流滄海知何届，

泪眼低迴叩彼蒼。

其二

淅米矛頭炊劍頭，彼昏方謂我何求。時賢各有菀裘想，吾鄙空懷漆室憂。落日長圍吹敗角，黑風獨夜纜孤舟。易終未濟誰能識，只是江潭恨不休。

三叠韵赠若海行

其一

飄然一劍井閭荒，將母懷歸久不徨。擊手鯤身思變化，初陽龍氣暫潛藏。古人事業思博陸，今日公才望贊皇。遥想驊騮開路處，雄姿回立向蒼蒼。

其二

堂堂七尺戴吾頭，漫向驪黄牝牡求。天地生才原有用，生平所學在先憂。治才亂絲用刀斧，勛業堂坳泛芥舟。待取山僧煨芋熟，五湖烟浪共歸休。

須磨寺訪梅

正月二十日

群童氣作竹筒吹，争報梅花已滿枝。强起扶携來野寺，相憐幽獨負歡期。繁香經雨半零落，一樹栖岩稍振奇。欲覓潘生高會處，女王綦迹没多時。坡公以正月二十日偕潘、郭二生觀梅女王城東禪莊院，有詩，其後屢續舊游叠韵，所謂已約年年爲此會也。去年花時正與若海同游，故末章及之。

寄懷若海即促其東渡用問訊子剛篇韵

不見故人積歲月，蒼然懷抱與誰同。歸歟我記烏頭白，行矣君宜馬首東。杯酒或關天下計，園花時吐去年紅。莫令憔悴憂傷意，損爾飛揚跋扈雄。

得擎一書報蜕庵嘔血其夕大風雨感喟不寐披衣走筆紀詩以訊

君不能布被脱粟取貴仕，曲學乃似公孫子。又不能荷鍤身如劉伯倫，得酒便足百不聞。撑腸百怪不聽命，風雲蛇鳥纏其身。即此便合以窮死，况乃無端身外悲天人。判君有涯生，當此萬古厄。平居五升飯不飽，出手欲救天下溺。怨賊躡後河横前，左闖鬼嘯右火然。上有射工含沙射君影，君又氣憤蛟鼉淵。人生到此那可説，故應嘔盡身中血。只恐九天無噴處，洒向九洲不留熱。天生萬變何滔滔，惟我與君同所遭。六時思君畏君病，得書泪欲將君澆。是夕風雨撼摟柱，擊大海水成怒濤。已經一月睡眠少，八方魂去請當招。世間萬事誰能料，東鄰號咷西鄰笑。男兒命存百無尤，不見异人今古空屠釣。作詩鄭重寄前途，祝君善保千金軀。我今有血心已枯，聊舉七發若枚叔，倘願聞之能來無。

庚戌秋冬間因若海納交於趙堯生侍從問詩古文辭書訊往復所以進之者良厚顧羈海外迄未識面輒爲長謡以寄遐憶

道術無古今，致用乃爲貴。交親無新舊，相尚在風義。我以古人心，納交當世士。夙慕蜀才多，捧手得數子。直節劉子政，粹德楊伯起。（謂裴邨、叔嶠兩京卿）其人與其言，磊磊在青史。蚤年所往還，尤敬延陵季。諸郎盡麟鳳，昵我逾昆弟。（謂吴季清先生及德嗣鐵樵、仲韬、子發兄弟）料簡心相宗，揅索象數旨。執御迄無成，哭寢但頮泚。（吾嘗與季清先生同治佛學，與鐵樵同治數學）觵觵周孝侯，（謂孝懷觀察）剛果通大理。宦迹遍三川，氣骨横一世。此并趙侯友，夙昔不我弃。趙侯雲中鶴，軒軒抗高志。名節樹藩籬，藝林厚根底。峨眉從西來，去天尺有咫。終古孕冰雪，元精逼象緯。御風問真源，獨往恣所止。八十四盤陂，陂陂印屐齒。蕩胸極雄深，即境領新异。所以其文行，邈與俗殊致。開元及元和，去俗各千祀。君獨遵何轍，接彼將墜紀。詩撼少陵律，筆摩昌黎壘。擇言轉氣盛，刊華得神擬。浩浩揚天風，郁郁斐蘭芷。幽幽繚洞壑，漠漠弄洲址。詄蕩天門開，恢詭蜃市起。迅健駿下坂，澹宕魚戲水。有時一篇中，攝受萬態備。探源析正變，證詣愜醇肆。自從同光來，斯道久陵替。豈期萬人海，復聽九皋唳。固知言皆宜，要在中有恃。文章雖小道，可以覘識器。釋褐及中年，簪筆作諫議。上策皆賈晁，陳義必牧贄。遥遥千聖心，落落天下計。昔昔勤論思，字字迸血泪。亦知逆耳言，夙干道家忌。黎元正倒懸，斧鑕安得避。回天精衛瘏，逐惡鷹鸇鷙。諫草留御床，直聲在天地。（君所上封事，什九留中）自我出國門，交舊半弃置。逖聽隔雲天，懷想空夢寐。何期絶塵姿，睞盼及下駟。群動蟄三冬，尺素枉千里。我學病馳騖，所養失端委。皇皇求助友，懇懇得礱砥。商量到刌分，往復纍百紙。吁嗟末俗心，相應以矯僞。豈聞傾蓋交，乃辱百朋賜。感激别有托，詎獨在文字。天步正艱難，民生日憔悴。銜石念海枯，入淵援日墜。吾徒乘願來，爲此一大事。君其體堅貞，走也當執轡。燕市風蕭蕭，須浦月瀰瀰。相望不相即，歌答雜商徵。閑居潘安仁，（謂若海）就我方謀醉。聊因天末風，一訊君子意。

以上見飲冰室文集之四十五（下）

减字木蘭花

爲孺博題秦郎畫扇

秋心如許。紅襌多少銷魂句。著意温存。中有經年舊酒痕。　年年依舊。尊前顧影人銷瘦。一例嬋娟。寄語凉風莫弃捐。

（五）羅惇㬊酬贈作品

極樂寺看海棠作

北人誇海棠，開口極樂寺。十載客長安，因循未一至。言尋潘子（弱海）約，昨夜風伯恣。時當三月暮，白杏吹滿地。一堂榜國花，想像名流醉。淀園每下直，五侯日連騎。傷哉胡馬屯，佛力不自庇。廢殿守蓬蒿，寂寞海棠睡。陳公（韜庵）卅載前，盛日猶能記。題詩定惠院，莫寫滄桑字。回車入酒國，花事識一二。恐待吾曹盡，無人知此意。

孺博殁周營齋法源寺感而成咏

去年憑几摧腸地，又見孤嫠設供來。世事弈棋寧忍説，寒風捎竹助生哀。久知一暝庸非福，終爲危時念此才。欲問參寥生死意，瓶花寂寂向人開。

胡晴初以潘若海所贈唐人寫金光明經屬題蓋吾所貽物也傷逝感昔爲題一詩

經卷當年我所貽，故人絶筆有題詩。不堪急劫收枰後，回念江亭野祭時。（去年三月，伍憲子自港中書報若海凶聞。時禁網急，若海方在名捕中，余乃獨登江亭，爲位哭之）二士隔年傷共盡，（麥蜺孺博與若海生死交，先一年逝）同昏八表竟何之。重摩四印齋頭物，合報楊雲趙㖃知。（余得是經時，方居王幼遐故宅之四印齋，同時分貽孺博及楊昀谷，轉貽趙堯生，皆若海故交也。）

過賈郎宅見壬子年偕潘若海湯覺頓及余四人合照小影時二君方主余家與賈郎日往還今賈郎重還京師二君已於丙辰春同歿於廣州矣追懷往事并示賈郎

昔年同聽賈郎歌，二客淪亡感逝波。散木幸爲斤斧赦，畫圖重拂涕洟多。埋憂或者青山好，共載還思舊宅過。相對幺弦傳恨處，山陽哀篴意如何。

題彊邨侍郎校詞圖

遺稿叢殘粵兩生，感君風義重平生。披圖我有交親涕，暮雨寒鐙共此情。（君輯刊麥孺博、潘若海遺稿，名粵兩生集。孺博，吾外甥；若海，吾摯友也）

題潘若海麥孺博遺墨

二子沈泉閲歲年，墨痕每撫一潸然。移山豈有神能助，銜石應無海可填。始信魁材非世用，誠知社櫟以天全。吾生字内成孤寄，頭白歌場祇放顛。

以上見瘿庵詩集，藝文印書館一九八二年嶺南近代四家詩本

寄懷蜕公海上

四年各有天涯憶，百感翻成筆下無。坐對風烟殊旦暮，似聞歌哭滿江湖。幽栖且忘長爲客，獨笑相看有故吾。每悵山川隔顔色，相從何事更踟躕。

以上見政藝通報一九〇六年第五卷第一期

車遥遥

七人與昀谷話别也

車遥遥兮出燕關，欲行不行心已酸。（堯）黄粱一枕逾邯鄲，（石）明朝君到黄河干。黄河已北天正寒，愁君日暮衣裳單。（堯）酒悲突起太行山，人生墮地行路難。腸中車輪轉萬千，大江日夜流潺湲。（瘿）金焦兩點大如拳，請君展向船頭看。（弱）酒中緑動仙人鬟，（僑）武昌城下須泊船。（堯）將無黄鶴騎翩翩，（覺）還携愛子登晴川。（堯）匡盧秀立江之邊，道逢五老歸何年。或歸讀書或種田，（瘿）峨眉之山玉人妍。梁州月子眉彎彎，期君來跨青城鸞。一笻一舸尋江源，如何夢落黄木灣。（堯）白雲三十六峰顛，峰峰照人青娟娟。春風花開紅木棉，使君生有尋山緣。（僑）羅浮四百立仙官，醉騎胡蝶梅花烟。（毅）知君詩在梅花間，梅花下有黄野仙。（覺）試招海雪彈鵾弦，（瘿）折梅將詩寄長安。（堯）長安故人皆眼前，却愁瀧吏多語言。（弱）歲寒况少楓葉丹，（覺）江亭得雪杯再乾。（瘿）迦音命酒留征鞍，（堯）側身南望愁千端。（昀）哀鴻滿地真可憐，（弱）刮毛龜背難成氈。漆女在室杞憂天，何爲行脚芒鞋穿。（昀）我獨愁君囊無錢，（堯）海山一路勤加餐。君有切雲之高冠，不然拂袖歸林巒。（覺）岩扉松徑入散原，孺人稚子茅三間。（堯）今我不得山中眠，人云仙翮在籠樊。（瘿）幸有秀野相往還，（堯）吾亦掉頭求釣竿。珊瑚樹樹生紫瀾，（石）噫乎健者推老鰥。（堯）思爲陳遵與陳蕃，投轄下榻來蕭閑。（石）爐邊侯喜昌黎韓，（毅）鼾聲在壁同軒轅。（石）石鼎詩成更已闌，（僑）今夕何夕聚七賢。趙陳温向羅黄潘，一一斷句青琅玕。百憂如醉詩中寬，（昀）起看北斗横屋椽。北風吹人衣翻翻，天應作雪將君攀。（瘿）石遺且坐吾歸焉，秉燭無生話團圞。（堯）出門月黑天漫漫，（昀）勸君仍駐車班班。（堯）（石遺宅即顧俠君秀野草堂，迦音閣，瘿公室人所居也。）

以上見國風報第一年第三二號

寄蜕庵海上次若海歲暮懷蜕庵韵

飄流還似十年前，心事如灰尚有烟。直以五噫閑過日，更無一法可回天。春申客况聽潮度，方朔生涯剩婦憐。尊酒花前數人日，鬢絲愁對月初弦。

以上見《國風報》第二年第二號

人日立春招同鄭太夷陳石遺趙堯生温毅夫林山腴潘若海集四印齋拈人日題詩寄草堂分韵得日字

人生能逢幾人日，况逢立春趁佳節。天晴病起一開門，迎春劇飲思佳客。入門堂堂鄭谷口，兩脚猶帶遼東雪。臺卿握手互驚狀，一論國事眦空裂。柏臺温尉稱敢言，乃與潘安同簡默。舍人林逋蜀中秀，示我新詩清到骨。後山後至髯絶倫，是我西鄰老詩伯。精衛誰填恨海波，各煉媧皇補天石。瘿庵一畝半塘住，我今已奉維摩室。昨夜緋桃初著花，門外西山界城白。古有四難天盡予，且醉春風盡今夕。分題一笑記相逢，來日大難那忍説。

以上見《國風報》第二年第四號

（六）曾剛父酬贈作品

花朝同陳韜老鄭蘇堪林畏廬趙堯生陳石遺胡漱唐林山腴梁眾异冒鶴汀温毅夫羅掞東潘若海詣花之寺

空色難强名，欣慨每交并。尋常萬花谷，寂寂招提境。餘寒淹節序，積陰失朝暝。近郭少農事，春鳩鳴逾静。探幽果宿諾，耽寐愜微秉。即事難爲歡，得途不可聘。嘉遨緬宛洛，良儔類汝穎。往迹既如掃，來踪復誰省。寥落愧吾徒，花時一延頸。

潘若海約極樂寺看海棠阻風未預晚飯西安樓

千憂謀一嬉，强引終不近。兹游固何与，一失數日悶。荒荒國花堂，海棠稱老本。潘侯有宿約，結束寧待勸。今年春重陰，游事頗遲鈍。豈知稍晴霽，陡覺風力奮。崩騰挾萬馬，顛頓雜塵坌。積陰風易作，始信後山論。年光殊可憐，尺樫日取寸。黄塵三月尾，高卧類酒困。發歌剩五噫，著説比孤憤。人生妄意必，一笑有定分。眼看春尚在，未致愁茵溷。游乎可再來，且辦西安飯。

挽麥孺博

志士不得老，夭枉又斯人。直是肝腸斷，休言文字親。道窮徒反袂，泪短亦沾巾。海雨江風地，經過祇愴神。

挽黄孝覺

潘若海麥孺博悠悠江水東，叢蘭欲茂又秋風。正衾逆旅天胡酷，反袂辛園道始窮。此恨有靈哀柏實，何人揾泪與英雄。并時未或知君志，况向他年斷簡中。

題麥孺博潘若海詩詞合卷

少日常爲文字飲，餘生同有海桑哀。新墳蒿草高三尺，慚負何時匹馬來。

以上見蟄庵詩集，藝文印書館一九八二年嶺南近代四家詩本

參考書目

［1］蔡冠洛．清代七百名人傳［M］．北京：中國書店，1984．
［2］曾習經．蟄庵詩集［M］//嶺南近代四家詩．臺北：藝文印書館，1982．
［3］陳漢才．康門弟子述略［M］．廣州：廣東高等教育出版社，1991．
［4］陳聲聰．兼於閣詩話［M］．上海：上海古籍出版社，1985．
［5］張寅彭．民國詩話叢編第一册［M］．上海：上海書店出版社，2002．
［6］陳永正．嶺南詩歌研究［M］．廣州：中山大學出版社，2008．
［7］丁文江、趙豐田．梁啓超年譜長編［M］．上海：上海人民出版社，1983．
［8］胡君復．古今聯語彙選［M］．北京：西苑出版社，2002．
［9］胡思敬．退廬全集［M］//沈雲龍．近代中國史料叢刊第四五輯第四四三册．臺北：文海出版社，1970．
［10］胡迎建．民國舊體詩史稿［M］．南昌：江西人民出版社，2005．
［11］黄濬．花隨人聖庵摭憶［M］．北京：中華書局，2008．
［12］康有爲．康南海先生遺著彙刊［M］．蔣貴麟，編．台北：宏業書局有限公司，1987．
［13］解璽璋．梁啓超傳［M］．上海：上海文化出版社，2012．
［14］康有爲．康有爲全集［M］．姜義華，張榮華，編．北京：中國人民大學出版社，2007．
［15］康有爲．萬木草堂叢書目録［M］//叢書集成續編第五册『總類』．臺北：新文豐出版公司，1988．
［16］康有爲．戊戌變法前後——康有爲遺稿［M］．上海市文物保管委員會，編．上海：上海人民出版社，1986．

[17] 康有爲. 萬木草堂詩集——康有爲遺稿 [M]. 上海市文物保管委員會文獻研究部, 編. 上海: 上海人民出版社, 1996.
[18] 勞祖德. 鄭孝胥日記 [M]. 北京: 中華書局, 1993.
[19] 梁令嫻. 藝蘅館詞選 [M]. 上海: 中華書局, 1936.
[20] 梁啓超. 飲冰室合集 [M]. 北京: 中華書局, 1989.
[21] 梁啓超. 飲冰室詩話 [M]. 北京: 人民文學出版社, 1959.
[22] 龍榆生. 龍榆生全集 [M]. 上海: 上海古籍出版社, 2015.
[23] 羅惇曧. 癭庵詩集 [M] //嶺南近代四家詩. 臺北: 藝文印書館, 1982.
[24] 馬以君. 麥孟華集 [M]. 順德縣誌辦公室, 1990.
[25] 麥孟華. 蜕庵集刻本 [M]. 民國二十五年.
[26] 沈瑜慶. 濤園集: 附年譜 [M] //沈雲龍. 近代中國史料叢刊第六輯. 臺北: 文海出版社, 1973.
[27] 司馬遷. 史記 [M]. 北京: 中華書局, 1959.
[28] 唐圭璋. 詞話叢編 [M]. 北京: 中華書局, 2005.
[29] 張寅彭. 民國詩話叢編第五册 [M]. 上海: 上海書店出版社, 2002.
[30] 吴宓. 吴宓日記續編 [M]. 吴學昭, 整理注釋. 北京: 生活・讀書・新知三聯書店, 2006.
[31] 夏曉虹. 追憶康有爲 (增訂本) [M]. 北京: 生活・讀書・新知三聯書店, 2009.
[32] 楊琥. 夏曾佑集 [M]. 上海: 上海古籍出版社, 2011.
[33] 楊世驥. 文苑談往第一集 [M]. 上海: 中華書局, 1946.
[34] 葉恭綽. 廣篋中詞 [M]. 傅宇斌, 點校. 北京: 人民文學出版社, 2011.

［35］葉衍蘭. 秋夢庵詞鈔［M］// 續修四庫全書第一七二二冊. 上海: 上海古籍出版社, 2002.
［36］惲毓鼎. 惲毓鼎澄齋日記［M］. 史曉風, 整理. 杭州: 浙江古籍出版社, 2004.
［37］中華書局編輯部、北京匡時國際拍賣有限公司. 南長街54號梁氏檔案［M］. 北京: 中華書局, 2012年.
［38］鍾賢培、王松濤. 廣東近代文學史［M］. 廣州: 廣東人民出版社, 1996.
［39］朱德慈. 近代詞人行年考［M］. 北京: 當代中國出版社, 2004.
［40］卓如編. 冰心全集［M］. 福州: 海峽文藝出版社, 1999.

後記

本書是我整理與研究嶺南文獻的第一份成果。四五年前，我便著手進行這項工作，幾經修補，終於告成。在我看來，粵兩生集并不是冷漠地躺在圖書館裏的舊文獻，而是記録著歷史變幻與士人歌哭的動人文本，它的成書也濃縮了晚清民國時期師友之間的深情高誼。是的，那個時代的人們早已走進了歷史的塵埃，但我希望這本書能够起到一些擦亮的效果，讓他們還不至於被湮没。

在本書整理與研究過程中，長江學者特聘教授、中山大學中文系主任彭師玉平先生給予了大力指導。在先生的引領與幫助下，我對學術研究有了更大的熱忱與動力。博士同學王曉東副教授向我提供了不少資料，助益良多。李艷清女士也一直參與其中，見證了這本書的誕生。此外，中共廣州市委宣傳部、廣州市社會科學界聯合會爲我提供了研究與出版資助，廣州出版社的總編助理楊珊珊女士、責任編輯葉桂蓮女士爲本書的出版付出了辛勤的汗水，謹此一并致以衷心的感謝！

限於學識與水平，本書的校補工作難免存在錯訛，尚祈專家、讀者不吝賜教。

夏令偉識於戊戌臘月